Les Conteurs Joyeux — Prix : 95 Centimes

LOUIS MARSOLLEAU

Pépins et Trognons

COLLECTION OLLENDORFF

Pépins et Trognons

LOUIS MARSOLLEAU

Pépins et Trognons

ILLUSTRATIONS DE J. XAUDARO

PARIS
Société d'Éditions Littéraires et Artistiques
LIBRAIRIE PAUL OLLENDORFF
50, CHAUSSÉE D'ANTIN, 50

A GEORGES COURTELINE

HONNÊTE HOMME FRANÇAIS

Son ami, son admirateur

LOUIS MARSOLLEAU

Auteur Mondain

Louis Petitot, poète lyrique, était plutôt un pilier de café qu'une colonne de salon. Non qu'il fût goujat de naissance, et inapte aux bonnes manières. Mais sa vie, dès sa jeunesse, l'avait orienté vers toutes les indépendances et toutes les libertés; et, à son dam, sans aucun doute, il avait toujours évolué entre la table où l'on rédige son article, le guignol où l'on fait répéter sa pièce et la banquette où l'on boit son apéritif, — bien loin des belles madames où l'on cause.

Il ne s'était pas marié, le mariage, depuis l'institution du divorce, lui apparaissant comme parfaitement ridicule et dénué de tout sens. Et, en effet, attendu que l'espèce humaine est — mâle et femelle — essentiellement polygame, les justes noces pouvaient avoir leur raison d'être en tant que prison perpétuelle, quand elles étaient indissolubles; mais du moment qu'on s'en peut évader, elles deviennent inutiles et vaines, comme moyen de répression!

Petitot avait donc, au hasard des événements et des rencontres, distribué ses tranches de vie à des amies successives et charmantes; et il ne s'en portait pas plus mal. Pas bohème pour un sou, d'ailleurs, et plus casanier que la marmotte. Régulier dans son travail comme une machine à écrire et ponctuel comme un chronomètre. Signes particuliers : il n'avait pas d'habit et n'était jamais allé à l'Opéra.

Il aimait à faire sa manille, avant dîner, avec des commerçants de son quartier, et à se jouer, au piano, chez lui, quand il était seul, des improvisations qui le ravissaient d'aise. Tels étaient ses plaisirs.

Mais voici qu'au tournant de la quarantaine et comme, bien malgré lui, à cause de sa petite renommée littéraire qui grandissait, il était obligé à des fréquentations plus étendues et à des connaissances nouvelles, il fut, par l'un de ces camarades récents, jeté dans l'aventure et hors de ses habitudes.

Ce camarade était un de ces Parisiens de lettres, qui produisent peu mais se produisent beaucoup. Il parvint à persuader à Petitot que l'adage : « Ami, cache ta vie et montre ton

esprit ! » était absolument mensonger et de mauvais conseil; et que, bien au contraire, si l'on désirait arriver à quelque chose, il valait mieux être quelconque avec des relations, que quelqu'un dans son coin. Et très empressé, il apporta à Petitot, un matin, une invitation au thé artistique hebdo madaire de la baronne Dumollet.

Le thé artistique de la baronne Dumollet ! La réunion mondaine et esthétique la plus courue ! Le rendez-vous des académiciens élégants et des bas-bleus à particule ! Quelle affaire ! Quelle affaire !

Petitot, qui, de son existence entière, n'avait porté que le veston et le chapeau mou, acquit à des prix exorbitants un smoking et un haute-forme ; et même des gants ! Il n'en mettait, généralement, qu'en hiver, à cause du froid ; mais pour aller au thé de la baronne Dumollet ! Peste ! — On ne me fera pas dire de vers, au moins ? avait-il demandé, anxieux, au camarade. Car l'idée seule de s'adosser à une cheminée ou de s'accouder à un piano pour réciter n'importe quoi, au commandement, devant des sourires de commande, lui donnait, à l'avance, le vertige et la nausée.

— Mais non ! mais non ! avait perfidement répondu l'interpellé qui savait fort bien que, sans miséricorde, Petitot n'y couperait pas plus qu'à la corvée de neige.

Et donc, le mercredi suivant, par une pluie battante — c'est toujours comme cela ! — Petitot aussi reluisant que les astres et plus Brummel que nature, monta dans un taxi-auto qui le conduisit, tout coincoinnant chez la baronne Dumollet, avenue du Bois.

Comme la voiture s'arrêtait, Petitot remarqua soudain qu'une moucheture de boue étoilait la pointe d'une de ses bottines vernies. Voilà ce que c'est que de ne pas avoir son équipage à sa porte. Un trottoir à traverser et l'on est sale !

Et il n'eut pas le temps, cette étoile de l'après-midi, de l'enlever avec son mouchoir, car déjà, l'huis de l'hôtel Dumollet s'ouvrait, et un larbin majestueux se dressait sur le seuil.

Le déluge tombait toujours. Petitot paya largement le wattman, ce qui n'empêcha pas celui-ci de grommeler de vagues injures récriminatoires; et il pénétra sous le porche, non sans avoir été douché par l'averse, car son parapluie refusa de sortir de son fourreau, énergiquement.

Dans l'antichambre, un second domestique le débarrassa de sa pelisse, mais lui laissa son chapeau — comme au théâtre (*cf* : les entrées de Le Bargy, dans des salons, aux Français).

Un panneau Louis XV s'entre-bâilla tachant, fit quelques pas à sa rencontre, la main tendue.

Et aussitôt, la série des catastrophes se déclancha.

Ce fut bref et tragique.

Petitot qui s'inclinait en une révérence du meilleur style, laissa tout à coup échapper à ses doigts gantés son haute-forme qui roula sur le tapis avec

devant lui ; une portière fut soulevée, et Petitot se trouva à l'entrée d'une longue pièce, au fond de laquelle, autour de petites tables — « Le samovar bout sur la table en laque ! » a dit Moréas ; — un groupe de robes-fourreaux et de aquettes à vastes revers, tenait des tasses de thé, par l'anse, avec des petits doigts relevés, en points d'ironie.

Au reste, une trentaine de paires d'yeux se braquaient immédiatement sur l'arrivant, et une dame, la baronne Dumollet elle-même, *ipsissima*, se dé- toutes les sonorités d'un jeune tambour. Comme il se baissait, confus, pour le ramasser, sa jambe gauche, projetée en arrière, heurta du pied celui, fragile, d'un léger guéridon qui supportait une bergère en porcelaine de Saxe, plus fragile encore. Guéridon et Saxe s'effondrèrent, l'un démis, l'autre en mille morceaux. Petitot, au désespoir, se retourna pour se rendre compte du désastre, et, — fut-ce l'effet de l'émo tion ou d'un faux mouvement, je ne sais ! — lâcha un p... arfaitement ! agressif comme un coup de revolver et indiscutable comme une vérité mathématique !

Alors, — son malheur, à la fin, passait son espérance ! — il cria : — M... ! ! J'en ai assez !

Et se recoiffant de son chapeau qu'il enfonça sur sa tête, d'un coup de poing furieux, il fit un demi-tour de bête traquée, fonça sur la porte, et s'enfuit, au nez de la baronne Dumollet, qui en demeura stupide.

Petitot a renoncé à la carrière mondaine.

Singeries

La jolie petite Mme Belamet a mis son chapeau moujik en cygne et agrafé à son cou son boa d'herminette, en sorte qu'entre le blanc de ce boa et le blanc de ce chapeau, on dirait — car elle est toute blonde, toute blonde — d'un bouton d'or dans de la crème !

Mais M. Belamet est plus austère en sa tenue. Redingote noire et chapeau haut de forme, pantalon de fantaisie toutefois : car enfin la correction n'est pas le deuil; M. Belamet est comptable chez Guyot frères (toiles et bâches).

Et tous deux, au sortir de la rue Truffaut, où ils ont leur domicile au troisième, sur la cour, après quelques pas, côte à côte, qui les amènent derrière l'église Sainte-Marie, se hissent sur l'impériale de l'omnibus Square des Batignolles-Jardin des Plantes, un des rares à qui la traction animale de ses trois chevaux épargne encore la congestionnante trépidation des autobus.

Car il fait, ce dimanche, un temps frisquet et ensoleillé, où l'air vif est agréable, « à condition d'être bien couverts ! », a professé M. Belamet.

M. Belamet est un homme de bon sens.

Et c'est pourquoi cette promenade dominicale au Jardin des Plantes, hebdomadaire ou presque, car il faut déduire les dimanches où il pleut, est devenue la distraction traditionnelle du ménage. Six sous pour l'aller, six sous pour le retour, le spectacle de la foule du haut de ce balcon roulant qu'est une impériale, et la traversée, en somme, à peu près complète de Paris! que de paysages urbains et de monuments divers! La place Clichy avec son maréchal Moncey et ses brasseries aux terrasses débordantes de consommateurs (M. Belamet, pour rien au monde, n'y *offrirait* un bock à sa femme : il n'est pas un pilier de café!); la Trinité si majestueuse, la Chaussée-d'Antin, les Galeries Coquettes (Mme Belamet a défense d'y mettre les pieds, car les tentations de ces grands bazars sont néfastes pour les femmes!), l'Opéra (c'est bon pour les gens riches), puis l'avenue de l'Opéra, le Théâtre-Français (même observation que pour l'Opéra !), la rue Rivoli, le Louvre (même observation que pour les Galeries!). Ah! la jolie petite Mme Belamet n'a qu'à écouter son époux pour être une épouse tout à fait raisonnable!

Mais voici qu'on frôle le Châtelet et qu'on longe le théâtre Sarah-Bernhardt. Mme Belamet irait bien quelquefois aux matinées... mais, bah! par un beau temps clair comme celui-ci, aller s'enfermer aux lumières dans une salle poussiéreuse, fi donc! C'est M. Belamet qui parle. Et puis, c'est la Seine qu'on domine en passant; Notre-Dame qui vous domine quand on passe; encore un pont, la rive gauche, le boulevard Saint-Germain et enfin le Jardin des Plantes. Tout le monde descend!

Or, adossé à l'un des piliers de la grande porte, il y a un jeune homme bien fait qui paraît attendre quelqu'un. Et il semble bien qu'au moment où M. et Mme Belamet posent leur pas conjugué sur le seuil, ce jeune homme ait un mouvement et un geste qui, transposés de la pantomime au langage articulé, se traduiraient par ce seul mot : « Enfin ! » Il semble aussi que la

jolie petite Mme Belamet, déjà si rose, ait rosi un peu davantage. Au reste, tout cela demeure imperceptible à quiconque; et n'est-il pas naturel, après tout, que ce promeneur isolé prenne, à distance respectueuse, la même route que les nouveaux arrivants, puisqu'il n'y a qu'une allée?...

M. et Mme Belamet sont fichés, à présent, devant la rotonde des singes. Tiens! mais le jeune homme de tout à l'heure est là aussi, à quelques pas! Le fait est que le spectacle est intéressant. Un véritable drame de l'adultère se joue là, dans la cage; et M. Belamet n'en perd pas une bouchée.

D'ailleurs, voici : sur un rocher artificiel érigé au milieu de la piste circulaire, deux singes gris, le mâle et la femelle, sont assis gravement. Peut-être se boudent-ils, car ils ne se regardent point.

Mais, un troisième singe, fauve celui-ci, s'avance précautionneusement, sur ses quatre mains rasant le sol, derrière le rocher où le couple a élu résidence. Or, la queue de la guenon grise traîne négligemment jusqu'à terre. Le singe fauve saisit cette queue et, du geste assuré dont les concierges tirent le cordon, il marque sa présence sournoise.

Et tout à coup, péripétie : la guenon grise tressaille, regarde par-dessus son épaule, et hop ! elle saute de son piédestal dans une volte habile, retombe à côté du singe fauve; puis tous deux, d'une course éperdue, gagnent une des logettes pratiquées tout autour de la rotonde et y disparaissent prestement, l'un suivant l'autre. M. Belamet se divertit follement.

Un temps moral — ou immoral — a passé quand le singe gris, le mari, éprouve sans doute le besoin de communiquer une impression quelconque à sa moitié; il tourne la tête vers elle. Plus personne ! Stupeur, puis colère; M. Belamet est aux anges : il ne s'est jamais autant amusé au spectacle !

Mais le singe gris s'exaspère. D'un bond il s'est élancé jusqu'aux grillages de la toiture et à grands sauts circulaires il fait le tour de la rotonde, là-haut, en poussant des cris aigus. Puis il redescend, fouille toutes les logettes, excepté la bonne (il y a un Dieu !) ; enfin, lassé, bredouille et grognon, il regagne son rocher, s'y rassied de rage et s'épuce, les sourcils froncés et les dents grinçantes.

Alors les deux coupables sortent, en tapinois, de leur asile. Lui, sans s'attarder aux vaines galanteries d'un congé pris dans les règles, quitte brusquement sa complice et grimpe à toutes brassées vers les trapèzes du plafond. Elle, revient tout simplement réoccuper sa place au rocher conjugal.

Et, comme son Sganarelle velu semble vouloir esquisser un reproche, c'est elle qui le houspille, le bouscule et l'agonit de sifflements stridents, les griffes dehors et la mâchoire crissante d'indignation !

Non ! cela est trop drôle ! M. Belamet ne se tient plus de faire partager sa gaîté à sa compagne. Il tourne la tête vers elle. Plus personne ! La jolie petite Mme Belamet a disparu.

M. Belamet en demeure stupide.

D'un œil qui s'ouvre, comme pour avaler tout le Jardin des Plantes, il scrute de tous côtés l'horizon. Rien. Et le voilà qui prend sa course. Comme une trombe, il passe devant le palais des reptiles et le bâtiment des fauves. Ah ! là-bas, cette tache blanche qui court, entr' aperçue à travers les grilles... C'est la coiffure et la fourrure de la disparue peut-être ? Non, c'est une chèvre de Mongolie qui cabriole. M. Belamet monte jusqu'au labyrinthe : il interroge le cèdre. Pas de réponse. Et au bout d'un assez long temps de recherches inutiles, lassé, bredouille et grognon, il réintègre l'omnibus Jardin des Plantes-Square des Batignolles (est-ce bête les femmes ! se perdre de cette façon ! des enfants de dix ans, toutes !) et n'en descend que pour escalader ses trois étages, rue Truffaut, sur la cour.

Madame n'est pas encore là. Ah ! bien ! quand elle rentrera, il va lui conter quelque chose !

A sept heures, une clef tourne dans la serrure. Et Mme Belamet apparaît ; le moujik est légèrement de travers sur les boucles blondes, et le boa, dégrafé sous le menton, n'épouse plus que les épaules. Mme Belamet a chaud. Sans doute, elle a couru. D'ailleurs, elle ne s'en cache point : car, tout de suite, elle récrimine, et avec quelle énergie :

— Alors, tu trouves ça drôle, de me semer dans un jardin public et de t'en aller, les mains dans les poches sans regarder derrière toi, sans plus t'occuper de moi que si je n'existais pas ? Tu sais, on m'y reprendra à sortir avec toi, le dimanche ! Est-ce que tu as perdu la tête ? Ou c'est-il que tu avais un rendez-vous ? Oui, probablement ! D'ailleurs, depuis quelque temps, tu as changé ! Je parie qu'il y a une anguille sous roche ! Ah ! si j'en étais sûre !...

— Mais... proteste M. Belamet interloqué.

— J'avais soif ! Je te quitte un instant pour aller boire un verre de coco. Et, quand je reviens, monsieur est parti ! Monsieur s'en est allé à ses affaires ! Alors, moi, je cours partout, je m'affole, je m'essoufle ! Tu sais combien je déteste et comme j'ai peur de me trouver seule dans la rue ! Non, je te retiens, toi, par exemple !

Et, d'un geste rageur, elle arrache les épingles de son chapeau et jette celui-ci sur la table.

M. Belamet, conscient de ses torts, fournit des explications et présente des excuses. Puis, pour raccommoder les choses et ramener l'allégresse, il en revient à ses animaux, s'étend avec verve sur la mésaventure du quadrumane berné, et conclut :

— J'aurais voulu que tu voies sa figure, à cet imbécile !

La jolie petite Mme Belamet regarde son mari.

— Mais je la vois d'ici ! répond-elle.

Et elle rit.

Et M. Belamet rit aussi, car, vraiment, la sottise de ce singe lui semble dépasser les bornes du possible !

Zamar

Ce n'était pas un gaillard ordinaire que Zamar !

Simple machino, à l'Odéon, mais à l'Odéon des temps héroïques où l'on reprenait *Henriette Maréchal*, des Goncourt, alors qu'Albert Lambert fils, Severo Torelli déjà, n'avait pas encore fait son service militaire, — Zamar traînait les cœurs après lui, de par les avantages de sa prestance, le feu noir de ses yeux et le sac de noix de ses biceps redondants.

Zamar, avant d'équiper des décors et de remuer des châssis, avait eu une jeunesse plutôt aventureuse. Enfant de la place Maub, entraîné aux achats à la foire d'empoigne et fort expert en grivèlerie, monte-en-l'air souvent, souteneur toujours, il avait maintes fois risqué s'asseoir sur le banc de bois de la correctionnelle. Mais, tout à coup, la grâce l'avait touché et il était devenu homme de théâtre !

Depuis, plus un reproche à lui adresser. Le métier lui plaisait; le milieu le « bottait » et il eût pu, — s'il avait été pratiquant la religion, — dévoiler à son confesseur une âme au moins aussi blanche que celle de beaucoup de bourgeois respectables et vénérés.

Mais la vertu ne lui avait pas enlevé le charme; ce qui arrive quelquefois. Et il était demeuré un admirable mâle, aux regards qui promettent et aux

muscles qui tiennent. C'est ce dont la sensible Tigride Lenoir s'aperçut, un bel après-midi, au cours d'une répétition.

Tigride Lenoir avait été une des trois ou quatre « grandes cocottes » de la fin du second Empire. Elle avait croqué des sommes folles et en avait conservé de raisonnables. Puis, elle aussi, la grâce du théâtre l'avait touchée et elle s'était muée en comédienne. Point maladroite d'ailleurs, après quelques leçons. Au reste, afin de ne pas perdre sa main, elle n'avait pas dételé tout à fait les chevaux de sa

Volupté, et pour l'instant, quoique trop grasse et quelque peu molle, elle conduisait encore, guides hautes, un banquier bonapartiste, un député radical, orateur redouté, qui depuis... mais alors il était dans l'opposition; et un vieux prince d'une des familles ayant régné en France. En sorte que les mauvais plaisants la surnommaient : Tigride Lenoir ou « l'Union des partis ».

Tigride, à qui jamais personne n'avait refusé quelque chose, ne se refusait rien non plus, à elle-même. L'envie lui étant venue de Zamar, cela ne traîna pas.

Le soir, — ce soir-là, — la représentation terminée, à cette heure du départ où étoiles et petit personnel gagnent, égalitairement, la même porte de sortie, l'actrice posa un doigt, — ce doigt qui menait par le bout du nez, et pas à l'œil, un gros financier, un parlementaire influent et une Altesse Royale, — sur l'épaule du machiniste. Et le geste fut si clair et le sourire dont il s'accompagnait si dénué d'ambiguïté, que Zamar, enlevé comme une simple Sabine, se trouva, sans avoir eu le temps de réfléchir à ce qu'il arrivait, confortablement assis dans le coupé de Tigride, à côté de Tigride en personne, qui sentait bon et se pressait fortement contre lui.

Deux heures plus tard environ, dans le somptueux hôtel du Parc Monceau, les lumières de la chambre à coucher brillaient encore. Zamar avait fait vaillamment son devoir, ainsi qu'en témoignait le désordre éloquent du vaste lit carré. Et Tigride, ayant mis pied à terre, se réfugia dans son cabinet de toilette, afin de se rafraîchir les tempes et d'apaiser les battements de son cœur satisfait.

Et, ce faisant, elle se disait, courtisane accoutumée aux extases reconnaissantes de ses élus : « Ce garçon doit être fou de joie ! Il ne doit pas en revenir ! Ce qu'il va être intimidé tout à l'heure ! »

Il s'en fallait de beaucoup ! Sitôt seul, Zamar s'était levé, avait été chercher, dans les poches de sa cotte jetée négligemment sur un pouf, une vieille pipe en terre sombrement culottée; tranquille, il l'avait bourrée, puis il s'était couché et allait craquer une allumette sur son ongle, quand Tigride réapparut. Alors, le derrière dans la soie et la dentelle, la face épanouie et l'esprit à l'aise, il cria, d'une voix triomphante :

— Et maintenant, qui c'est qui va en griller une?... C'est Zamar !

L'allumette flamba, le tabac grésilla, et trois grosses bouffées de fumée d'un *caporal* très ordinaire déroulèrent leurs volutes épaisses sous le baldaquin scandalisé.

Quant à Tigride, elle était restée à la porte, atterrée, médusée, stupide ! Ah bien ! il ne s'épatait pas, celui-là !

Zamar, en effet, ne s'épatait guère. Il ne s'étonna pas davantage quand Tigride, reprenant ses sens et l'usage de la parole, le pria de s'en aller, « tout de suite, tout de suite ! » et il s'en fut, sitôt rhabillé, — sans dédain, mais sans enthousiasme, — poliment.

Hélas ! Zamar n'avait pas été initié aux délicatesses des Cours. De retour au théâtre, il ne sut pas tenir sa langue; dès le lendemain, le récit de l'aventure courut de bouches à oreilles, sur le plateau et dans les loges, et du cintre aux dessous : le supplice de Tigride Lenoir commença.

Dès lors, elle ne put plus traverser les coulisses sans entendre partout à tout moment, ne s'adressant pas elle, mais chuchotée à mi-voix, ou même dite à voix haute, la fameuse phrase :

— Et maintenant, qui c'est qui va en griller une?... C'est Zamar !!!

Elle passait devant un peintre en train de camoufler un panneau :

— Et maintenant, qui c'est qui va en griller une?... C'est Zamar !!! articulait le décorateur en agitant son pinceau, les yeux obstinément fixés sur son ouvrage.

— Et maintenant, qui c'est qui va en griller une ? C'est Zamar !!! susurrait l'accessoiriste croisé dans un couloir, une cheminée sous le bras.

Pauvre Tigride Lenoir ! Son fin

profil bourbonien, — dans sa maturité légèrement blette, elle ressembla étrangement à Louis XVIII jeune, — se crispait de fureur toutes les deux minutes. Et rien à dire ! Elle fut sur le point d'abandonner la scène.

Heureusement pour l'équilibre de ses traits, quelque temps après, le Théâtre-Français changeait de maître. Emile Perrin prenait sa retraite ; et l'un des premiers actes de son successeur était d'engager Tigride Lenoir. Tigride ne se fit point prier, fière, sans doute, d'entrer dans la Grande Maison, — elle n'y débuta jamais d'ailleurs, M. Claretie étant déjà M. Claretie ! — mais heureuse, surtout, d'échapper enfin aux trop fréquents rappels de la pipe grillée, une nuit, par Zamar !

Par Ordre

Le commandant Clacquebec, de l'infanterie coloniale, après avoir vaillamment servi la patrie, sous les latitudes les plus diverses et dans les pays les plus extravagants, avait pris sa retraite de chef de bataillon à Brest, sa ville natale. Au cours de sa longue carrière, il s'était souvent battu, avait bu beaucoup d'absinthe et fumé énormément d'opium. Même il avait été marié un moment, durant un de ses congés de convalescence, mais le mariage ne lui avait sans doute pas réussi, car six mois après cette cérémonie religieuse, un divorce tout laïque était intervenu, le rendant au célibat, à la pipe, à l'alcool et aux aventures. Cet épisode éphémère de sa vie était, d'ailleurs, oublié par lui depuis longtemps, quand il quitta l'armée et rentra dans le civil.

Le commandant Clacquebec était un grand bougre, maigre, sec et jaune comme une banane mûre, à qui ses cinquante-quatre ans ne semblaient nullement peser au physique; quant au moral, dame ! c'eût été fort délicat de se prononcer; sa mentalité n'était certes pas ordinaire, et le moins qu'on eût pu dire de lui, c'est que c'était « un original ! »

Le commandant Clacquebec, à Brest, devenu simple pékin, exista, absolument seul et ne voyant personne.

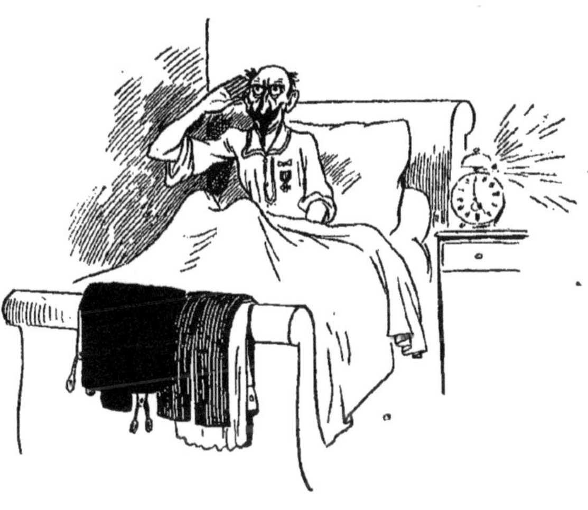

Misogynie, misanthropie mêlées? Timidité ou mépris? Toujours est-il qu'une fois installé dans sa maison du cours d'Ajot, il ne sortit plus que pour les courses indispensables et ne salua jamais âme qui vive ! Comme il possédait une certaine fortune, il s'était, au reste, fort bien logé; et son petit hôtel à un étage, dont les fenêtres s'ouvraient sur les vieux arbres de la promenade célèbre qui va des remparts au Château, boisée et feuillue comme une énorme allée d'honneur, pouvait être la demeure d'un isolé mais non d'un anachorète.

Sa façon d'organiser ses journées n'avait, d'ailleurs, rien de commun avec les comportements vulgaires de la majeure partie des hommes. Hiver comme été, à cinq heures du matin, redressé dans son lit par la sonnerie d'un réveil, il appelait d'une voix forte :

— Clacquebec ! Clacquebec !

et poursuivait, d'un ton de commandement :

— Aujourd'hui, tu vas battre tous les tapis du premier étage ; tu me feras le plaisir de nettoyer un peu mieux la grande glace du salon, et d'épousseter avec soin les revers des tableaux dont les châssis sont d'une saleté révoltante ! Ensuite, tu cireras la salle à manger ; tu laveras le vestibule à grande eau et tu décrasseras le garde-crotte de la porte, car il pleut depuis huit jours, et j'ai dû y laisser de la boue en rentrant. Après, tu descendras à la cave, terminer la mise en bouteilles de la pièce de vin à laquelle tu as mis la cannelle, hier ! Maintenant, les commissions : tu iras acheter trois côtelettes de mouton et deux livres de bœuf pour un pot-au-feu, les légumes afférents, une douzaine d'œufs frais, un fromage de Brie entier et deux paquets de tabac ! Tu peux disposer ! Au trot ! et rappelle-toi que si, à onze heures et demie, tout n'est pas fait, parfait, la cuisine à point et la table mise, c'est quatre jours de consigne. Le tarif !

Ces injonctions articulées, le commandant Clacquebec sautait hors du lit se vêtait à la hâte d'un antique pantalon, d'une salopette ; et, les pieds nus en d'anciennes espadrilles, se ruait au rez-de-chaussée, dans l'office, où il se laçait au cou et à la taille les cordons d'un tablier de valet de chambre. Car l'ordonnance Clacquebec, c'était aussi le commandant Clacquebec ! et c'est à lui-même, parlant à sa personne, que celui-ci marquait de la sorte, ses volontés sur l'ordre et la marche du service !

Et, de fait, il s'obéissait, incontinent,

avec zèle et promptitude. Et pan! Et pan! Les coups de trique sur les tapis! Et les toiles du salon retournées! Et la glace astiquée! Et le vestibule! Et le garde-crotte! Ah! l'ordonnance y mettait du sien pour contenter le commandant! En un rien de temps, la barrique était vidée à fond; puis, Clacquebec — l'ordonnance! — enfourchait sa bicyclette et roulait chez les fournisseurs. Et les fourneaux étaient vite allumés! et la nappe équipée. Au trot! avait dit le patron.

Il advenait parfois — rarement — que la demie de onze heures sonnât et que l'omelette de douze œufs ne fût pas encore tout à fait cuite. Alors, c'était bien simple : le commandant Clacquebec, encore en tablier, dans sa cuisine, prononçait froidement :

— Clacquebec! Tu entends l'horloge? Tant pis pour toi, mon garçon! Je t'avais prévenu : quatre jours de consigne! Tu les as! Après déjeuner, tu iras chercher de quoi manger pour quatre jours. Car pour sortir en ville pendant ce temps-là, c'est macache!

Effectivement, sitôt la dernière bouchée dans la bouche, Clacquebec allait acquérir les victuailles nécessaires à cette claustration disciplinaire, et, quatre jours durant, Clacquebec, respectueux de la sanction, se confinait chez lui, puni!

Or, tout dernièrement, un événement inattendu se produisit : Clacquebec — ordonnance — était en-train d'acquérir des oranges chez la fruitière, quand, ayant par hasard levé les yeux sur cette commerçante, il ressentit tout à coup, au cœur, oui! à son vieux cœur ratatiné, une espèce de choc. Cette fruitière n'était pas la fruitière d'habitude, laquelle avait, paraît-il, vendu son fonds. Et cette nouvelle venue était jeune et grasse, rose et blonde. Quel souvenir évoqua-t-elle brusquement dans la brumeuse mémoire du bizarre client? Quelle ressemblance lointaine portait-elle sur les traits de son visage ou les contours de son corps? Mystère. Le fait est que, ce jour-là, le déjeuner du maître, dans le petit hôtel du cours d'Ajot, ne fut prêt qu'à midi moins le quart, à la suite de plusieurs distractions du cuisinier. Et les quatre jours de consigne de rigueur ne châtièrent pas ce manquement!

C'était grave! Le rigoriste Solitaire tint en lui-même une manière de conseil de guerre. Il tenta, en somme, de se donner des raisons : au vrai, c'est l'ordonnance Clacquebec — pendant sa corvée — et non le commandant Clacquebec qui avait ressenti au cœur ce choc ridicule et néfaste! Il suffisait au commandant d'enjoindre à l'ordonnance de ne plus jamais remettre les pieds chez cette fruitière : et tout serait réglé!

Oui, mais voilà : pour la première fois de sa vie, le lendemain, l'ordonnance désobéit. Il retourna à la boutique dangereuse; et, le surlendemain, il persista dans son insubordination. Cela ne pouvait durer! Le commandant se sentait débordé. Une femme dans sa vie, alors? Jamais! car il se sentait bien, personnellement, complice, puisqu'il ne punissait plus *l'autre!*

C'est alors que, s'étant exactement rendu compte de l'état des choses, il entra dans un bureau de poste, demanda une carte-lettre, écrivit quelques lignes, ferma le pli et le jeta à la boîte.

Le soir même, il recevait à domicile la communication suivante :

Brest, le 20 janvier 1909.

Ordre à M. le commandant Clacquebec d'abandonner immédiatement la résidence de Brest pour celle de Toulon, le séjour de Brest devenant nuisible à l'équilibre moral et physique de cet officier supérieur. M. le commandant Clacquebec devra être rendu à Toulon le troisième jour du mois de février de la présente année.

Pour le préfet maritime,
X... (signature illisible).

Le commandant Clacquebec était l'homme du devoir. Il fit appeler un notaire, liquida sa propriété, donna mission qu'on fît suivre ses meubles, mit son linge dans sa cantine et partit pour Toulon.

D'aucuns penseront que c'est un fou. Qui sait ? C'est peut-être un sage...

Point d'honneur

Mon ami Crachignon était rédacteur en chef du *Phare d'Etampes* (Seine-et-Oise), et je crois bien qu'il y était le chef incontesté d'un unique rédacteur : lui-même, sans nulle vanité. C'était un garçon de mœurs douces et de style courtois, qui ne cherchait pas à mettre le doigt entre l'Arabe et le Corse, et s'ingéniait surtout à contenter tout le monde et son commanditaire, ce père des gazetiers de province.

Aussi fus-je assez surpris quand, un soir, il vint me demander de l'assister dans une affaire d'honneur qui le mettait aux prises avec un de ses confrères du département, M. Isidore Saindout, rédacteur en chef, lui aussi — car il en pleut! — du *Fanal Versaillais*.

Il n'y avait pas à dire mon bel ami. Isidore Saindout avait envoyé deux témoins à Crachignon. Il était l'offensé, ayant pris la mouche de certaines expressions d'un filet paru dans le *Phare d'Etampes*, et il entendait obtenir réparation de cet outrage, toute affaire cessante.

— Polémique politique? — demandai-je à Crachignon.

— Tu sais bien que je n'en fais jamais! me répondit cet homme modéré. Non! Je crois plutôt que c'est à propos d'une concession de tramways. Mais je n'en suis pas sûr!

— Mais enfin, quel est l'article, objet du litige?

— Je l'ignore. Les deux bonshommes de mon adversaire m'ont dit simplement que leur client ne pouvait pas rester sous le poids de l'épithète injurieuse que je lui avais infligée.

— Quelle épithète?

— Si je le savais, je serais plus fixé!

— Bon! bon! alors, ce n'est pas bien méchant! Nous allons arranger celà! le réconfortai-je?

A dix heures, nous nous rencontrions, un camarade et moi, au Terminus de la gare Saint-Lazare, avec les tenants de l'antagoniste, deux journalistes régionaux.

L'un et l'autre avaient arboré la redingote noire et le chapeau haut-de-forme ; et ils étaient sérieux et graves à donner la chair de poule à l'invulnérable Achille en personne !

Les présentations faites :

— Pourrions-nous, dis-je, connaître l'article qui a éveillé la susceptibilité de M. Saindout ? M. Crachignon tentait à l'épiderme moral, décidément bien sensible, de ce publiciste distingué, quoique obscur.

Arrivé à la signature, je redressai un front ahuri et je m'enquis :

— Mais, Messieurs, où relevez-vous, dans ces lignes, le moindre prétexte, je

ne se souvient pas lui-même en quelle circonstance ni dans quels termes il a pu être désagréable à votre ami. Ce qui ne l'empêche pas, d'ailleurs, vous le voyez, de se tenir à votre disposition.

— C'est trop juste : voici l'article ! acquiesça immédiatement le premier de ces messieurs ; et il me tendit un numéro du *Phare d'Etampes*, dont toute une colonne, à la première page, était cernée de crayon bleu.

Mon camarade et moi, nous lûmes avec la plus grande attention ce petit morceau de littérature, où plusieurs fois, en effet, apparaissait le nom de M. Isidore Saindout. Mais j'atteste les dieux que pas une insinuation malveillante, pas un qualificatif déplacé n'atne dis pas à une rencontre, mais même à une demande d'explications ? Il n'y a rien contre personne ! C'est innocent comme le vagissement d'un enfant qui vient de naître !

— Monsieur ! protesta le deuxième second d'Isidore Saindout, vous n'avez sans doute pas bien lu ! Tenez ! là ! voyez !

Et de l'ongle de son pouce griffant le papier de la feuille, il me désigna cette phrase : « *Il serait scandaleux qu'un quidam que soutiennent toutes les influences réactionnaires, arrivât à imposer à la municipalité... etc.* » — et il articula, à trois reprises, et de plus en plus indigné :

— Un quidam ! *un quidam !!* UN QUI-

DAM!!! Peut-on se laisser traiter de « quidam », sans protester? Je vous en fais juge!

— Mais, monsieur! m'effarai-je; « quidam » n'a jamais été une injure. « Quidam » signifie : « quelqu'un », « un monsieur », « une individualité quelconque! » et voilà tout. C'est un mot incolore et insapide! On ne peut se fâcher d'être appelé : « quidam! »

Alors, avec un ensemble merveilleux, les deux redingotes surmontées des deux chapeaux haut-de-forme surgirent debout de l'autre côté de la table qui nous séparait, et deux voix me répondirent :

— A Paris, peut-être, Monsieur! Mais, à Versailles, si! Certainement si!

Il n'y avait plus de conciliation possible. Si doux qu'il fût, Crachignon ne pouvait tout de même pas rétracter : « quidam! » ni s'en excuser. Il fallut donc aller sur le pré.

Ils y furent, Crachignon et Saindout, et firent en braves gens, tous les deux. Il est de mode de blaguer les duels de journalistes; mais la critique est aisée!... et, en somme, les journalistes risquent volontiers leur peau; ce qui est, après tout, du courage, quoi qu'en ricanent les rigolos. Comme ces deux-ci, ni l'un ni l'autre, ne savaient tenir une épée, ils se touchèrent mutuellement, dès le premier engagement. Et comment!

Crachignon, gras et mou, n'aurait pas reculé pour un empire; et Isidore Saindout, maigre et énervé, avait besoin de se donner du mouvement. Ils étaient à peine en garde que Saindout se fendit à fond, en sorte que Crachignon, dont la pointe restait en ligne au bout du bras tendu, l'embrocha, sans le faire exprès, en pleine poitrine. Quant à lui, Crachignon, il fut effleuré à la tempe, d'une éraflure légère, qu'un tampon d'ouate annula pour l'instant. Il était le vainqueur! le désolé et consterné vainqueur!

Car il n'y avait plus à se réconcilier sur le terrain. L'infortuné Saindout était parfaitement mort. Au reste, Crachignon ne devait guère lui survivre. Sa blessure à la tempe avait affecté un nerf spécial; et il arriva ceci que, deux mois plus tard, le pauvre fut atteint d'hémiplégie, puis de paralysie générale et enfin qu'il trépassa, moins d'un an après l'affaire.

Et cela prouve que la vie tient à peu de chose et qu'il faut tourner au moins sept fois sa plume dans l'encrier avant d'écrire un mot.

Celui de « quidam » ne valait vraiment pas deux cadavres. Et pourtant...

Vanité des vanités

Et tout est vanité, en effet, dans cet admirable et puéril métier du théâtre! Et par « vanité », je n'entends pas ce défaut de l'esprit, qui est le succédané

de l'orgueil, quoique encore, parmi les gens de la troupe!... Mais je ne noircis pas ce papier blanc pour sortir des méchancetés : non! tout est vanité, au sens latin, au sens vrai du mot. *Vanitas* : chose vaine, chose qui n'existe pas.

***

Avez-vous, parfois, contemplé un auteur, le soir d'une répétition générale? l'auteur d'une pièce en vers, surtout, au moment où son pauvre texte est, pour la première fois, en public, livré aux acteurs, et lui fait l'effet

D'os et de chairs meurtris et de membres [affreux
Que des chiens dévorants se disputent entre [eux!

Car il n'y a pas à dire mon bel ami, mais cette audition — pour l'auteur — est toujours, toujours, même et notamment dans la Grande Maison où tout le monde a du génie, par définition, un supplice que Mirbeau a oublié dans son *Jardin*.

Triste auteur! Infortuné poète! Collé d'une oreille attentive au châssis du décor, là, par derrière, sur la solitude hostile du plateau où, de temps à autre, glisse un machiniste à pas feutrés, il écoute les mots de sa pièce s'égrener dans un silence abominable. Et la voix de ses interprètes lui arrive, faussée et falote. Car, en cet endroit, non loin de la logette du pompier, l'acoustique est plutôt mauvaise.

Et alors, il advient tout à coup, à cet homme angoissé déjà, un, deux, trois, quatre chocs sur le cœur qui suffiraient à foudroyer un cardiaque ordinaire (mais les auteurs dramatiques ont de la santé, heureusement!); un des protagonistes en scène a totalement oublié la fin de sa réplique! L'interlocuteur a rattrapé comme il a pu. Bon! voici que Mlle X... a éjecté froidement un vers

de quatorze pieds! Il est vrai que son camarade M. Z... — sans doute de par la loi des compensations d'Azaïs — a tonitrué un alexandrin de huit syllabes! Misère et désastre! Mort et damnation! Ours et four! Qu'est-ce que la salle va penser?

Et l'auteur défaille, affalé sur son revers de portant.

La salle?

Elle n'en pense quoi que ce soit, car elle ne s'est aperçue de quoi que ce fût!

* * *

Axiome : La salle ne s'aperçoit jamais de rien!

Exemples : J'ai connu jadis, sur la rive gauche, un vieux peintre qui s'appelait Schiemeck. Il était surtout célèbre par son extrême saleté, laquelle avait provoqué, à son sujet, certains mots d'amis assez remarquables; — car, entre parenthèses, ce que vos amis disent de vous est toujours infiniment plus cruel que ce qu'en disent vos ennemis : c'est que nos amis nous connaissent mieux que nos ennemis, probablement! — Il y avait cette appréciation, d'un intime sans doute : « C'est épatant ce que Schiemeck a de linge! Il met une chemise sale tous les jours! » Et cette autre : « Schiemeck aime la peinture à l'huile... à cause de l'huile! »

Bref, Schiemeck possédait un camarade, jeune premier de son état, au théâtre Montparnasse. Nommons-le Boisy, par discrétion, car je crois bien que son menton bleuit encore en les contrées lointaines.

Schiemeck, un soir, ayant une commission à faire à Boisy, se rend au théâtre Montparnasse. Schiemeck, il faut le dire, avait l'air, avec sa grande barbe d'apôtre parsemée de nourriture et son antique veston déguenillé, d'un saint Jérôme dans la purée, mais fort moderne, nonobstant. Schiemeck demande à la concierge :

— Est-ce que Boisy est là?

— Oui, monsieur; il est là-haut.

Schiemeck gravit l'escalier, pénètre dans les coulisses, s'enquiert de Boisy. On lui répond :

— Il est en scène.

On jouait *La Jeunesse de Louis Quatorze!* Boisy sous le feutre à plumes du Grand Roy, entouré de seigneurs empanachés et de dames du plus pur dix-septième, en était au plus historique passage de son rôle. Mais tout cela n'était pas pour arrêter Schiemeck, qui avait un mot à dire à Boisy. Schiemeck entre sur le plateau, écarte les seigneurs et les dames d'un coude négligent, va droit à Louis XIV, lui serre la main et lui articule — car il articulait, le bougre :

— Mon vieux ! je vois que tu es occupé. Quand tu auras fini, descends donc chez le bistrot. Je t'attends.

Et il sort, avec rondeur et autorité.

Croyez-vous que le public se soit, à cet instant, rendu compte d'une adjonction quelconque à la comédie? Nullement. J'y étais. Je témoigne.

*
* *

(*Suite des exemples*) : Lorsque Antoine — car il faut toujours en revenir à Antoine, quand on parle théâtre ! — donna *L'Avenir*, de Georges Ancey, boulevard de Strasbourg, un problème de mise en scène se présenta. L'un des décors comportait, face au public, une cheminée surmontée d'une glace. Or, nul n'ignore qu'un vrai miroir, équipé de la sorte, refléterait une partie de la salle avec les têtes des spectateurs, ce qui nuirait à l'intimité de l'action dramatique. D'autre part, les fausses glaces, en carton strié de raies de peinture imitant les caprices de la lumière, ne sont plus bonnes qu'aux baraques de foire; et encore!... Antoine avait trouvé le « truc » nécessaire : une grande vitre ordinaire, taillée en forme de glace d'appartement et encadrée d'or. En scène, la cheminée, avec sa garniture, pendule et candélabres, bibelots ; et, en coulisse, de l'autre côté de la vitre, la même cheminée, avec la même garniture, mais à l'envers; en sorte que, pas d'erreur, on voyait — comme dans une glace — le dos de la pendule et le revers de tous les objets. C'était irréprochable comme effet.

De plus, à un moment donné de l'acte, Mlle Devoyod (elle s'en souviendra) devait déposer sur la cheminée une lampe à pétrole allumée. Parallèlement à son geste, en coulisse, la main d'un machiniste déposait sur l'*autre cheminée,* derrière la vitre, une *autre* lampe à pétrole allumée, identiquement semblable à la première. C'était, ainsi réglé, criant d'exactitude et de vérité.

Or, à la répétition générale, il se produisit cet accident : La lampe à pétrole, en scène, brusquement charbonna, s'éteignit, puis fuma, comme toute lampe à pétrole qui se respecte. Cependant, en coulisse, de l'autre côté de la vitre, *dans la glace*, son reflet continuait à brûler d'une flamme impeccable. Et quand Mlle Devoyod retira de la cheminée la lampe éteinte, tandis que le machiniste, attentif à la réplique, retirait de la glace le reflet toujours allumé, croyez-vous que, même en ce public averti des répétitions générales, une seule personne se soit avisée de cette anomalie? Aucune.

***

Ceci, pour consoler les auteurs débutants, à qui l'on estropie quelques phrases ou fausse certains vers, le jour de leur première rencontre avec le monstre aux cent têtes.

La salle ne s'aperçoit jamais de rien!

Régularisation

Ce soir-là, Anthime Raifort, de son métier commis vérificateur chez un architecte à grosses commandes, avait pris une cuite remarquable, une de ces

cuites qui en valent deux autres comme une blanche vaut deux noires, à la suite d'un grand dîner offert à tout le personnel du bureau par le patron, de qui la Ville de Paris venait de primer un projet de monument à la mémoire d'un homme politique mort en pleine vogue l'année précédente.

Anthime Raifort, déposé à la porte de sa maison par un cocher, descendit de voiture, paya d'une pièce de cent sous, dont il refusa énergiquement la monnaie, cet homme exceptionnel qui, sans même le connaître, avait su le ramener chez lui, trouver la rue et le numéro, tour de force dont lui-même eût été tout à fait incapable, sonna à la porte de l'immeuble, trébucha lourdement le long du vestibule, empoigna la rampe de l'escalier et se mit en devoir de gravir les étages.

Devoir pénible! car il s'aperçut tout à coup qu'il n'avait point d'allumettes. Zut! chacun de ses pas accrochait le rebord d'une marche! Trois heures du matin avaient depuis longtemps sonné à tous les beffrois de la capitale et il faisait noir comme dans le ventre d'un nègre! Qu'est-ce qu'il allait prendre pour son rhume, Anthime Raifort? Qu'est-ce que lui conterait sa douce compagne, la grosse Mélanie? Sale escalier qui n'en finissait pas! Il fouilla dans toutes ses poches, cherchant sa clef; et l'ayant enfin découverte, il la saisit et la tint à poigne-main, de toutes ses forces, comme un manche de stylet ou une crosse de revolver.

Mais il arrivait au quatrième — son palier. Il avait bien compté, bon sang! Son logement était certainement là, devant lui. Il pointa sa clef à la hauteur approximative de la serrure, mais pas le moindre trou ne se présenta; et il semblait que l'ombre devînt de plus en plus opaque! Comme il s'acharnait à farfouiller sans résultat, tout à coup, à sa droite et fort loin de l'endroit où il ferraillait vainement, une porte s'ouvrit avec fracas, l'éclatante lumière d'une lampe à pétrole dissipa la ténèbre et une voix dénuée de toute aménité clama :

Si Anthime Raifort n'était pas un Hercule — plutôt chétif et gringalet et moins tranche-montagne que gratte-papier — Mélanie, en revanche, pesait son poids de viande de boucherie, et les deux boulets de sa poitrine eussent fait éclater l'âme des canons actuels, dont le calibre est petit. Mélanie se fût assise sur Anthime qu'elle l'eût écrasé

— Ah! te voilà! Eh bien! tu es dans un joli état! Oui, c'est du propre!

Mélanie, Mélanie elle-même! en chemise de nuit et les cheveux en tapons, apparaissait, Gorgone vengeresse, détachée dans le cadre illuminé de l'huis comme une image de la Fureur ou du Courroux!

Anthime Raifort, qui n'était pas déjà très solide sur ses jambes, sentit ses genoux flageoler. Il coucha la tête, tel un lièvre, et fila par dessus le paillasson, qui lui parut plus haut à franchir qu'une banquette irlandaise, jusque dans la chambre à coucher, où il s'arrêta au pied du lit. Mélanie l'avait suivi, muette d'un silence redoutable, sa lampe au poing.

plus plat qu'une feuille de papier buvard!

Aussi, Anthime, qui, pour l'instant, n'en menait pas large, en outre que déjà son estomac commençait de sérieux reproches à son cœur, éprouva-t-il un soulagement infini quand il comprit qu'au lieu des sévices directs et contondants qu'il appréhendait, il ne subirait de sa robuste ménagère qu'une mercuriale oratoire et philosophique.

Mélanie, en effet, s'était croisé les bras et, hochant le menton d'un air supérieur, la bouche toute lippée de dégoût, les yeux chargés de mépris, elle disait :

— Et c'est un père de famille, ça! Ça se dit intelligent! Ça se croit instruit! Et c'est plus dégoûtant qu'un cochon! plus bête qu'une huître portugaise! Ça ne sait seulement plus retrouver sa porte! Ça fourgonne dans le mur! Ça va vomir tout à l'heure! Tiens, je veux que ton fils te voie comme tu es là! Quand on n'est pas respectable, on n'a pas le droit d'être respecté! Allez, ouste! viens avec moi!

Anthime, enchanté d'en être quitte à si bon compte, souriait béatement. Bousculé par Mélanie — mais pas frappé : il y avait une nuance! — il se trouva, sans trop savoir comment, dans la cuisine, où son sang, son enfant, le jeune Auguste Raifort, rejeton naturel, mais reconnu, âgé de six ans aux prunes et l'un des meilleurs espoirs de l'école communale de l'arrondissement, dormait, sur un lit pliant, du sommeil de l'innocence.

Secoué par sa mère, le jeune Auguste ouvrit les yeux, se les frotta, s'assit sur son petit séant; et comme Mélanie, avec des ironies amères de Spartiate désignant un ilote en pleine ignominie, bonissait : « Regarde-le, ton père! regarde-le bien! Ah! il est beau! il est séduisant à voir! Qu'est-ce que tu en dis, mon chéri ? »

Le chéri, ayant, effectivement, considéré l'auteur de ses jours, lequel, mal équilibré sur ses bases, tanguait doucement d'arrière en avant et d'avant en arrière, la face, au reste, réjouie et hilare, s'écria en battant des mains, ravi et enthousiasmé :

— Chouette! papa qu'est soûl!

Mais déjà Mélanie ramenait son ivrogne dans la chambre à coucher. Et elle ne lui chercha plus pouille; même elle le déshabilla, lui retira ses souliers et ses chaussettes. Et c'est alors que l'âme d'Anthime Raifort s'emplit d'une reconnaissance éperdue! Rien que le mariage, les justes noces, la régularisation à l'église et à la mairie d'une liaison déjà longue et bénie par le Ciel n'était capable de reconnaître et de récompenser les mérites d'une créature aussi parfaite que Mélanie! Et il le lui dit, entre deux hoquets; et il le lui répéta encore, quelques minutes plus tard, quand, le visage à moitié enfoui dans le vase de nuit, tandis qu'elle lui tenait le front à deux mains, il restitua douloureusement tout ce qu'il avait absorbé dans la joie!

Et au matin, quand il se réveilla, avec une fourmilière sur le cuir chevelu et dans la bouche une langue plus racornie qu'une langue de perroquet, ses idées à ce propos n'avaient pas changé.

En sorte que, quelques jours après, la grosse Mélanie dut faire venir ses papiers de sa province et que, dans les délais légaux, un nouveau couple légitime prit rang dans la société parisienne. Le dernier écho et le plus original de cet événement, d'ailleurs peu sensationnel, fut la proclamation qu'en fit le môme Auguste, à son école, le lendemain de la cérémonie :

— Nous! on est mariés maintenant! annonça-t-il à ses camarades assemblés. Et il ajouta avec fierté :

— Parce que papa s'a soûlé!

Chemin faisant

C'est juste au moment où le contrôleur à deux galons, après avoir soufflé avec autorité dans son sifflet à roulette, envahissait la voiture et exigeait impérieusement les correspondances, que cette petite dame vint s'asseoir, précisément en face de moi, au fond de l'omnibus Passy-Place de la Bourse.

Cette petite dame n'avait, certes, rien de particulièrement joli ; mais, à coup sûr, elle se croyait d'une exceptionnelle beauté. Le regard dégoûté dont, à peine encastrée en sa stalle, elle balaya sa voisine, une grosse bourgeoise paisible et ruminante, aux bajoues confortables; le regard hautain et sûr de sa puissance dont elle passa en revue — et à tabac — les quelques messieurs alignés en brochette sur les durs coussins de la Compagnie Générale; le regard, méticuleux d'abord, puis bientôt méprisant, qu'elle promena sur les autres dames de la charretée: ces trois regards successifs, mais projetés par un seul foyer, celui, à n'en point douter, d'une vanité incommensurable, ne pouvaient tromper l'attention de l'avisé observateur que je suis. Hein ? la sentez-vous, cette seconde vanité incommensurable ? Tel qui voit la paille de sa prochaine néglige sa poutre personnelle !... N'importe ! cette petite dame ne se prenait pas, assurément, pour une « déjection canine » ! Ma concierge emploie une autre expression, plus forte ! mais je ne suis pas ma concierge. Malheureusement, car les étrennes du jour de l'an ne sont pas un vain mot, et à cette époque de l'année je préférerais être ma concierge que moi-même.

Cette petite dame, je l'ai dit, n'avait rien de particulièrement joli. Une bouche pincée hermétiquement sur des dents invisibles : symptôme fâcheux ; un nez long aux narines obstinément fermées : indice désobligeant; et deux de ces yeux gris, d'un gris sans reflet ni éclat, qui ressemblent à des oignons coupés par la moitié. Maigre, au surplus, et les coudes pointus. Très peu pour moi ! En somme, il n'y avait pas là de quoi mépriser le monde !

Comme l'omnibus s'arrêtait à la station de l'avenue Henri-Martin, la grosse bourgeoise bajoutière descendit, et sa place resta vide. Pas longtemps, car un voyageur qui, jusque-là, s'était, bravant les intempéries, confiné sur la plate-forme, s'empressa, un bras accroché à la rampe du plafond — ce qui lui découvrait outrageusement le poignet, entre la manchette et le gant — d'accourir occuper cette place, la seule qu'il convoitait, sans doute, depuis l'instant du départ.

C'était un court monsieur quinquagénaire, mais qui, manifestement, tenait à conserver les grâces d'un petit jeune homme de quarante ans; car sa moustache était teinte soigneusement en châtain foncé — ceci se discernait à la naissance des poils qui s'obstinait à rester blanche au ras de la peau — et sa cravate, non plus que sa chaussure, n'étaient de quelqu'un qui, résigné à la maturité paisible, a renoncé, une fois pour toutes, aux souffrances et aux allégresses de l'amour. L'ami de la petite dame? ou le mari? Ces nuances sont bien difficiles à discerner aujourd'hui. En tout cas, si ce n'était pas le mari, c'était, tout au moins, l'ami d'habitude : car, à peine s'était-il installé à côté de la personne, que celle-ci, d'un brusque mouvement — lombaire, si j'ose dire! — lui tourna le dos, faisant face à la vitre du fond de la voiture, par où le spectacle, réconfortant mais monotone, lui était offert, des croupes rondes des chevaux besoignant — une! deux! une! deux! fesses droites! fesses gauches! — à traîner les libres citoyens sur le pavé de la République.

Le pauvre monsieur, un peu déconcerté par cette orientation nouvelle de sa voisine — il n'en pouvait plus apercevoir le visage, ni même la nuque, au demeurant, car la petite dame, naturellement, était couverte d'un chapeau large comme une cloche de cathédrale, et dont le bord arrière rejoignait le collet de son manteau de loutre — le pauvre monsieur, qui triturait dans ses mains un superbe bouquet de violettes, voulut en faire hommage à sa compagne et le lui tendit, doublant le cap grincheux de la hanche hostilement campée. Mais un bref refus l'obligea à une retraite prompte.

— Garde-le, ton bouquet! Il me gênerait! Tu vois bien que j'ai mon parapluie et mon sac à tenir.

La petite dame continua à contempler le derrière des percherons trottant. Le pauvre monsieur ramena ses fleurs sur ses genoux, où elles demeurèrent dès lors, suaves et dédaignées. Et il essaya de sourire — pour la galerie! — tant le respect humain et la peur du ridicule sont des sentiments despotiques! Mais, au fond, je crois bien qu'il aurait plus aisément pleuré; car une petite contraction lui fripa les coins des lèvres, un pli creusa son front et ses paupières rougirent, imperceptiblement.

Lorsqu'on arriva à la place de l'Etoile, ce mari — ou cet ami — persévérant, à coup sûr, et bien pincé, se hasarda à glisser, tout bas, quelques mots dans les environs du chapeau, le plus près possible de l'oreille de sa récalcitrante Dulcinée. Mais il fut vite relevé du péché d'audace, car cette réplique le cingla à l'instant même. Oh! ce n'était pas une petite dame commode que cette petite dame !

— Tu ferais mieux de retourner fumer ton cigare sur la plate-forme! Ça t'éviterait de déraisonner! siffla-t-elle.

Lui, marqua le coup, car ses épaules fléchirent et il eut, subitement, une petite toux gênée. Non! ce ne doit pas être drôle d'aimer dans des conditions pareilles !

Cependant, le trajet s'accomplissait, et nous roulions faubourg Saint-Honoré. Comme de gros nuages gris assombrissaient la portion du ciel visible entre les maisons, le pauvre monsieur, après s'être donné l'air de s'intéresser prodigieusement à l'état de l'atmosphère, prononça timidement :

— Il va pleuvoir, tu sais !...

Un haussement d'épaules et le tapotement fébrile de cinq doigts agacés sur la béquille d'argent d'un parapluie lui répondirent, seuls.

Je remarquai alors que le placide et patient et vraiment douloureux visage de l'éternel rabroué subissait une transformation. Il se congestionnait légèrement, ce visage. Le bouquet de violettes roula, sans être ramassé, sur le plancher mouvant; et la moustache tressaillit sur la lèvre supérieure gonflée d'un frémissement.

Nous abordions la rue du 4-Septembre; et déjà presque tout le monde était descendu. Il ne restait plus, dans le fracas des carreaux et la trépidation des roues, qu'un soldat, à l'orée de la voiture, près du conducteur; puis le couple en question et moi, dans le fond.

Tout à coup, sur une parole que je n'entendis point, la dame se retourna soudainement et, face à face avec son mari — ou son ami — lui cria dans la figure d'une voix furieuse et combien aigre :

— Tu m'assommes !

Et non moins soudainement se produisit ce déclanchement imprévu. L'ami — ou le mari — leva la main droite, et clac! une gifle retentit sur la joue de la petite dame !

Ah ! ce fut un fier tapage! Les yeux jaillis de la tête, la bouche enfin révélant des dents aiguës et ternes, la petite dame vocifėra :

— Lâche ! lâche ! qui bats ta femme !

Et se tournant vers moi :

— Vous avez vu, monsieur? vous êtes, vous serez témoin ! m'interpella-t-elle.

Alors, je lui tirai mon chapeau, et d'un accent tout fleuri de la plus exquise politesse, je répondis :

— Madame, si j'avais l'honneur d'être à la place de monsieur, voilà déjà au moins un quart d'heure que je vous aurais foutu mon poing sur la gueule !

Qui paye ses dettes s'enrichit

Le jour où Théodore toucha enfin ces mille francs qui allaient lui permettre de reprendre pied, après ces trois mois de plongée dans la dèche douloureuse, son premier mouvement fut de s'appointer d'une petite noce carabinée et de se compenser d'un coup les longues semaines de jours sans pain qu'il venait de vivre. Mais son second mouvement — celui que la sagesse recommande comme le bon! — fut de supprimer son passif, de libérer sa situation, de remplir tous ses devoirs envers les autres et envers lui-même, de payer ses dettes, en un mot!

Car Théodore avait des dettes! Il les avait contractées durant cette période de malechance, et bien à son corps défendant, car c'était un garçon à principes — et économe, selon les traditions de la vieille bourgeoisie française à laquelle il appartenait par son père.

Et donc, d'un pied léger, il partit dès l'aube, ayant fait ses calculs et dressé la liste de ses obligations, pour cette tournée de probité consciencieuse.

Il fut d'abord chez son restaurateur, un marchand de vins qui détenait la renommée des escargots et lui avait, tout ce trimestre fâcheux, ouvert un crédit généreux. Théodore, sans bourse délier, grâce à ce commerçant magnanime, avait pu satisfaire sa faim et étancher sa soif. M. Godard — tel était le nom de son bienfaiteur — était sur le pas de sa porte quand Théodore arriva, et c'est avec une allégresse qu'il ne chercha point à dissimuler qu'il alla chercher son livre dans la caisse, sur cette question admirable de ce client, douteux jusqu'à cette heure :

— Monsieur Godard, qu'est-ce que je vous dois? Je viens régler mon petit compte.

Théodore devait 350 francs. Il les sortit de sa poche et les allongea sur le zinc du comptoir d'où ils ne firent qu'un bond dans le tiroir dudit. Après quoi, il se retrouva dans la rue, le porte-monnaie allégé, mais le cœur, d'autant. Que de joies réserve l'honnêteté!

Théodore se rendit ensuite chez son tailleur. Cet artiste lui avait, la saison dernière, fourni un complet veston (celui, d'ailleurs, que Théodore portait toujours, faute d'un neuf), et n'avait pu être soldé, à cause du malheur des temps. M. Barbichois — il s'appelait ainsi — ne fut pas moins heureux que M. Godard quand Théodore se présenta dans son entresol avec les intentions que l'on sait.

Pour 150 francs qu'il versa contre reçu à ce coupeur d'habits, Théodore reconquit encore un peu plus de réconfort et de fierté vis-à-vis de lui-même.

M. Barbotte, le bottier, à qui Théodore n'avait pas jusqu'ici réglé le prix de deux paires de chaussures à boutons, à 25 francs l'une, soit 50 francs, se montra également enchanté quand il palpa la coupure bleue qui le récompensait de ses peines et l'indemnisait de son labeur.

Il n'y avait plus qu'un saut à faire jusque chez M. Mouton et Théodore n'aurait plus un sou de dettes et pourrait dresser vers les cieux, *l'os sublime*, le front orgueilleux d'un à qui personne n'a rien à réclamer. Ce saut fut un bond; et M. Mouton, au coup de son-

nette qui l'appelait à son huis, vint ouvrir lui-même.

M. Mouton était un brave et digne usurier à qui Théodore avait eu maintes fois recours dans le passé. Les opérations avec cet homme de bien étaient simples. M. Mouton remettait 300 francs à Théodore qui signait à M. Mouton 600 francs de billets, payables à 90 jours. Jamais, jusqu'à cette dernière période calamiteuse, Théodore n'avait manqué à ses échéances; mais dame! cette fois-ci, le crique l'avait croqué! Et, sur les derniers 300 francs empruntés, Théodore en devait encore 450.

Il s'empressa de remettre cette somme à M. Mouton qui l'encaissa avec un sourire froid; et, désormais débarrassé de

tout souci d'argent, regagna en fredonnant le pavé de la République.

Il était dix heures du matin. Il n'avait pas perdu son temps.

A ce moment, il ressentit le besoin précis de fumer un humble et loyal cigare de dix centimes. Et il se hâtait déjà vers un bureau de tabac, lorsque, fouillant son gousset, il s'aperçut qu'il ne lui restait même pas le modeste décime nécessaire. Et, en effet, 350 + 150 + 50 + 450 = 1,000. Personne ne pouvait plus rien réclamer à Théodore, mais Théodore n'avait plus un radis.

Il eût une seconde d'effarement et de consternation; mais cela lui dura peu. Théodore n'était pas neurasthénique. Il se dit :

— Bah! je viens de rembourser le père Mouton. Le père Mouton va me reprêter quinze louis. Et comment!

Mais point du tout. Le père Mouton, quand il eut regravi les escaliers, lui répondit :

— Non. J'ai attendu trop longtemps la rentrée de ma créance. Vous n'êtes pas sérieux. Je ne ferai plus d'affaire avec vous. Inutile d'insister. C'est une bouche de marbre qui vous parle.

Assez déconfit, Théodore, quand il fut redescendu sur le trottoir, constata tout à loisir, dans la glace d'une devanture, qu'il était vêtu d'une façon minable. Le complet de M. Barbichois ne tenait plus à son corps que par la persuasion, et ne constituait vraiment pas un costume suffisant pour se présenter aux personnes de qui on sollicite un emploi. Et dame! il n'y avait pas à dire. Les mille francs avaient passé vertueusement à libérer la conscience de Théodore. Théodore devait dès aujourd'hui se débrouiller.

—Barbichois, songea-t-il, ne refusera pas de m'habiller, puisque je viens de lui faire acquitter ma note!

Hélas! Barbichois, dès le premier mot, déclara qu'il était aux regrets, mais qu'il avait l'habitude d'une clientèle régulière, et que les bohèmes n'étaient pas son fait. Bien sûr! bien sûr! il était payé, il n'avait rien à dire, mais cette fois-ci n'était pas les autres, et il ne tenait pas à s'engager dans des aventures!

— Nom d'un chien! et mes bottines qui n'ont plus de semelles! gémit alors Théodore, qui, de nouveau, se retrouvait dans la rue! S'il allait pleuvoir, je serais propre! Heureusement Barbotte n'est pas si mufle que tous ces fesse-mathieux! C'est un bon bouif. Il me donnera bien une paire de souliers!

Théodore s'illusionnait. M. Barbotte était peut-être un bon bouif, mais il tint à démontrer, en l'occurrence, qu'il était un cordonnier méfiant :

— Vous comprenez! s'excusa-t-il, vous avez tellement tardé à me régler ma facture que je ne tiens pas à renouveler l'expérience. Achetez au comptant et toute ma boutique est à vos pieds. Sans quoi, serviteur!

Théodore, quoique philosophe, commençait à trouver que la vie est dure aux honnêtes gens. Midi sonnait aux églises et aux mairies, et il s'avisa brusquement qu'il avait faim. Aussi s'empressa-t-il de gagner son râtelier ordinaire, le restaurant de l'excellent M. Godard.

Il s'assit à sa table habituelle, commanda sa chopine, un maigre aux pommes, une salade de saison, puis son dessert. Il mangea avec l'appétit d'un homme qui a beaucoup marché — pour le bien, le vrai et le juste! — et quand il eut terminé, comme il se levait, il dit au patron :

— Monsieur Godard, inscrivez ma note de déjeuner. Je vous paierai ça demain ou après-demain.

Mais M. Godard bondit de derrière son comptoir, et, tout congestionné, cria :

— Ah! mais non! Pensez-vous que je vais vous ouvrir un nouveau crédit pour attendre trois mois après mon pognon? Non, non! pas de ça, Lisette! Jules! ordonna-t-il à l'un de ses garçons, mettez-vous devant la porte et empêchez monsieur de sortir! Et vous, Auguste, allez me chercher un agent!

Le second garçon y courait déjà.

De sorte que, quelques minutes plus tard, Théodore était conduit au poste, d'où il fut transféré au Dépôt, dont il ne sortit que pour passer en correctionnelle et s'entendre condamner à huit jours de prison pour grivèlerie.

Qui paye ses dettes s'enrichit!

Un chien de chasse

En cette époque de l'année, où, d'un bout à l'autre de la France, d'innombrables nemrods sillonnent la plaine, écrasent les chaumes et scrutent les buissons, en quête de la caille qui se faufile au long des sillons, de la perdrix qui s'envole en troupe avec un bruit de moteur, du lièvre qui perd la tête et du lapin qui montre en s'enfuyant son derrière craintif, une petite

histoire d'ordre cynégétique est de rigueur.

J'ai eu comme ami et compagnon, durant quelques années, et je le regrette encore de tout mon cœur, un chien de chasse. C'était bien un chien de chasse, puisque braque français de par ses ancêtres; mais en réalité — la suite de ce récit en témoignera — il ne chassa jamais que les rognures bouillies et le poulet rôti et préféra toujours au gibier vivant, si fugace, la volaille cuite, de tout repos.

C'était un nommé Dick. Son poil ras était blanc, taché de brun. Je l'avais reçu, âgé de six mois, à peine au sortir de l'enfance, de la main de Courteline, chez qui il était né. Je revois encore, chez Courteline, dans sa maison montmartroise d'alors, rue d'Orchamp, sa chienne Tata et les sept petits chiots. Hauts comme un demi-décimètre debout, avec des pattes trop grosses et déjà des têtes conséquentes, ils balayaient le sol de leurs oreilles et dardaient vers les cieux de petits bouts de queues frétillants et cordiaux. Et, autour de leur mère, ils moutonnaient comme un troupeau blanc et brun — car ils se ressemblaient tous, comme des frères — jappant, pleurant, gémissant et ne se quittant pas d'une patte.

Je devais, par définition, être le maître de Dick; mais il ne tarda pas à faire de moi son esclave. Et il eut tôt réussi à bouleverser mon existence. Beaucoup de choses me sont arrivées dont il fut la cause primordiale. Il commença, d'ailleurs, brillamment. Il me contraignit à déménager d'un logement qui me plaisait fort. En effet, le jour où je l'amenai chez moi, sur mes bras, car il répugnait à la laisse et se serait perdu dans le tourbillon de Paris, le concierge de l'immeuble m'indiqua une inscription — gravée, s'il vous plaît, dans le mur du vestibule — et qui disait : « Il est interdit d'avoir des chiens. »

— Oh! rétorquai-je, il est si petit!

Vous voyez, je le porte sous mon coude !

Le concierge me répondit :

— Comme cela, ça va encore ! Mais je n'en veux pas dans mes escaliers !

Hélas ! la race de Dick ne voulait pas, elle, qu'il demeurât un petit chien. Il grandit, le misérable ! Il devint haut sur jambes et long du râble ; et, comme je ne suis pas Milon de Crotone qui, s'étant habitué à porter un veau de lait, portait ensuite, facilement, ayant continué à le porter tous les jours, ce même veau devenu taureau, je dus me résoudre à laisser Dick descendre et remonter les étages par ses propres moyens. Et le propriétaire me donna congé !

Mais c'est à propos de chasse que je vous parlais de Dick. Il n'eut que deux fois dans sa vie l'occasion de montrer ses héréditaires vertus de veneur, et j'avoue qu'il s'y avéra plus original que brillant.

Cela se passait en Seine-et-Marne, à Montbrieux, un petit village haut perché sur l'un des coteaux qui dominent la vallée du Grand-Morin. Un jour, je suivais, accompagné de mon animal gambadant, une route bordée d'un côté par une interminable pièce d'avoine encore sur pied, et, de l'autre, par un talus assez élevé. Je ne sais quelle lubie prit à Dick. Toujours est-il qu'à un moment il jugea bon de quitter le chemin de tout le monde et de s'enfoncer dans l'avoine. Il disparut, derrière les tiges redressées, et je commençais à l'appeler éperdûment, car les paysans goûtent médiocrement ces incursions et randonnées dans leurs récoltes, quand j'entendis un aboiement plaintif et brusque dont l'accent exprimait plutôt une peur bleue qu'une colère noire. Et, tout à coup, je vis mon chien jaillir hors du champ, la queue entre les cuisses, les oreilles basses, dans un élan de fuite à faire supposer qu'il avait cent fourches aux trousses !

Or, voici le joli. L'ennemi devant lequel il s'éclipsait si honteusement c'étaient deux perdrix, le mâle et la femelle, le père et la mère, sans doute,

d'une couvée que ce grand imbécile, sans le savoir à coup sûr, avait dérangée et peut-être piétinée. Et les deux oiseaux, ivres de fureur, voletaient autour de la tête de Dick, avec l'intention évidente de lui crever un œil. Dick, absolument affolé, tournait sur lui-même, au milieu de la chaussée, et il finit par s'aller enfouir le museau dans l'herbe du talus ! A mon approche, ses persécuteurs le lâchèrent et regagnèrent leur pièce d'avoine. Et Dick se secoua comme après une râclée ; mais il avait certainement l'impression de l'avoir échappé belle, car il se mit à marcher dans mes talons, sage comme un enfant puni.

Ce que je raconte là, je ne l'invente pas, je l'ai vu; j'ai vu ce spectacle rare d'un chien de chasse chassé par deux perdrix! Mais Dick devait m'offrir mieux encore.

Un matin, nous descendions, tous deux, vers le Morin, par un sentier tournant entre des haies assez hautes pour cacher à certains coudes tout ce qui n'est pas le sentier lui-même. Dick

courait loin devant moi avec cette indifférence pétulante à ce qui aurait dû être sa fonction originelle, dont je me scandalisais parfois; car, enfin, le sang est le sang, l'espèce est l'espèce, et un braque devrait, même sans études préalables, avoir la passion de battre le terrain et de relever la trace du poil et de la plume! Ah! ouiche! voilà un sport qui n'emballait pas mon camarade!

Soudain, je dus bien me rendre à l'évidence que je jugeais mal mon chien! Là-bas, les quatre pattes rigides, la queue droite, le nez pointé directement devant lui, immobile et frémissant, Dick venait de tomber en arrêt. Et il n'y avait pas à dire mon bel ami, en un arrêt splendide, correct, sculptural! Hein! tout de même! l'instinct! le vieil instinct de race! qui reparaît malgré le manque de dressage, pur et fort et infaillible comme tout ce qui est naturel! Je m'avançai, aussi fier, ma parole, que si le mérite de Dick eût été le mien. Il ne bougeait pas. Il était admirable!

Arrivé à sa hauteur, je regardai quel gibier l'avait ainsi figé sur place, et si nettement.

Abomination! C'était une vache! une vache dans un pré; et qui probablement, scandalisée d'être fixée ainsi, semblait avoir juré de faire baisser les yeux à l'insolent, car elle regardait Dick comme Dick la regardait.

J'eus toutes les peines du monde à arracher celui-ci à sa contemplation. Quand il se décida à me suivre, il ne le fit que de profil, et pas à pas! Il ne pouvait se résoudre à perdre de vue cette créature étrange et telle qu'il n'en avait jamais vu de pareille. Et c'est ainsi que Dick, chien d'arrêt, pour le premier et le seul arrêt de son existence, arrêta une vache!

Il faut dire, à sa décharge, qu'il n'avait jamais encore été à la campagne. L'année suivante, il ne tomba plus dans la même erreur. Il se contenta de croquer les poussins, quand les poules n'étaient pas là.

Le Béquet

Comme la répétition finissait, Anthime Fayot, l'auteur de la revue, fut abordé, sur le plateau, par la blonde Gaillarde de Brives, une des « petites femmes » de la chose, et qui lui dit :

— Est-ce que je pourrais vous causer un peu ?

— Mais... beaucoup ! si vous voulez.

Et il l'emmena au café le plus proche, devant lequel la belle enfant fit stationner son auto ; car, bien qu'elle ne touchât que soixante francs par mois pour jouer la comédie, Gaillarde de Brives avait des moyens — propres, si l'on ose s'exprimer ainsi — et n'attendait pas après son talent pour bien vivre.

Sitôt installés devant un champagne-fraisette couleur d'aurore et un pernod purée de pois, Gaillarde de Brives déclara à Anthime Fayot :

— Tu n'es qu'un cochon !

— Je te prie, protesta Fayot, de respecter ton auteur, et de ne le point ravaler au rang du plus fangeux des animaux domestiques !

— Ah ! s'écria Gaillarde, il est joli, mon auteur ! Et propre ! et aimable ! Un cochon, je le répète !... Est-ce que je n'ai pas été gentille avec toi ?

— Je me plais à reconnaître que tu m'as donné — prêté tout au moins, — tout ce qu'a la plus belle fille du monde !

— Il ne s'agit pas de ça ! Si tu crois que ça me touche ! Il s'agit de mon rôle dans la revue ! Je n'ai rien à dire ! Pas un mot ! pas une broque ! Les autres m'appellent : « Nib de Réplique ! » Non, mais des fois ! Penses-tu que je fais du théâtre pour ne pas

ouvrir la bouche ? Mon ami va se payer ma tête à la première ! et tous ses camarades du Cercle, aussi !

— Tu exagères, mon petit chou.

— Je ne suis pas ton petit chou ! Tiens ! dans la scène des Fléaux de l'Année, il y a Bordin qui dit : « *Je suis la comète ! J'ai des vallons, des mamelons et des petits bois !* » Il y a ce gros paquet de Clignette qui fait l'Inondation et qui dit, en imitant la femme saoule : « *Moi ! je suis la Crue, et je suis cuite !* » Il y a même cette grande volige de Bertrande, le Revolver passionné, qui chante un machin en vers :

> Je cherche à tous les Merlous
> Des querelles Dallemagne !

Et moi ? moi ! je dis : « *Je suis Paris port de mer !* » Et c'est tout ! Je boucle ! La ferme ! Au tour d'une autre ! C'était vraiment pas la peine d'avoir été avec toi comme j'ai été ! Mais tous les hommes sont des mufles ! et il n'y en a pas un pour racheter les autres !

— Mon petit, riposta Anthime Fayot avec âme, car l'idée d'un léger bateau, d'une balancelle à monter, lui venait à l'esprit, devant tant d'amertume, tu es trop dure pour l'humanité masculine en général et pour moi en particulier. Je vais te prouver que je sais être reconnaissant à mes heures. Garçon ! de quoi écrire !...

Sur le papier que le Ganymède en tablier blanc lui apporta, il traça aussitôt quelques lignes qu'il remit à son interprète.

— Voici ! expliqua-t-il. Demain, à la répétition, tu diras cela. C'est un béquet. Apprends-le, ce soir et cette nuit ; et n'en parle à personne, avant ! Tu verras si tu produis ton petit effet !

Gaillarde de Brives avait dévoré des yeux le texte improvisé. Du coup, elle en devint rose de joie, plus rose que son champagne-fraisette, et par-dessus la table, s'étant levée, elle embrassa comme du pain son auteur, en lui criant :

— Ah ! ça, par exemple ! c'est chouette ! Tu es un amour ! Elles vont en roter, les autres !

Et ce ne fut pas une femme, mais une reine triomphante qui monta dans l'auto et commanda au chauffeur : « A la maison ! »

Le lendemain, vers trois heures de relevée, comme on commençait à travailler le « deux », et qu'on en arrivait à la scène des Fléaux de l'Année, Gaillarde de Brives, quand son tour fut venu de vendre sa salade, descendit à l'avant-scène, et, agitant les bras avec grâce, débita, à la grande stupeur, effectivement, de l'Inondation, de la Comète, du Revolver passionné et des autres Fléaux, ce petit morceau encore inédit :

— *Moi, je suis Paris port de mer ! Je m'ouvre aux étrangers comme aux indigènes ; et, telle que vous me voyez, je viens de débarquer les Anglais...*

Mais un orage, tout à coup, creva sur le reste de la phrase ; une voix furieuse rugit, au fond du théâtre :

— Qu'est-ce que c'est que ça, mademoiselle? Et qu'est-ce que vous chantez là?

C'était le directeur, homme farouche et brun qui, tel un fauve, arpentait la scène, le long d'une costière, de la cour au jardin et du jardin à la cour.

Gaillarde de Brives se retourna vers lui, et la tête haute, avec l'orgueil de sa mission d'art, répondit :

— Je dis mon rôle, monsieur!

— Votre rôle? Ça n'a jamais été dans votre rôle! Jamais de la vie!

Gaillarde de Brives, forte de son droit, retorqua :

— C'est un béquet que l'auteur m'a ajouté.

— L'auteur s'est f... de vous! tonna le directeur, et il ajouta :

— Vous allez couper cela, n'est-ce pas? Les plus courtes plaisanteries sont les meilleures! Et n'y revenez plus!

— Bien! monsieur! se soumit la pauvre « Paris port de mer. » Elle eut pleuré, hurlé, griffé, mordu, massacré ce tyran imbécile! Mais elle ne fit rien de tout cela. La rampe a ses martyres qui ne sont pas toujours vierges, mais qui ont souvent les palmes. Celle-ci ravala sa douleur et se tut.

Anthime Fayot, pour parler franc, en son fauteuil d'orchestre, dans la salle, n'en menait pas extrêmement large, à la suite de cette algarade. En somme, son bateau avait vogué un peu trop loin. Le procédé n'était pas d'une courtoisie irréprochable; et il n'était pas sans s'attendre à quelques reproches mérités de l'infortunée Gaillarde de Brives.

Mais il était loin de compte et avait bien tort de s'inquiéter. Bien loin qu'elle se pût figurer qu'une farce avait été faite à une personne de son importance, Gaillarde de Brives démêla tout de suite, là-dessous, les fils d'un complot fomenté par « les autres », les autres! à qui portait ombrage la splendeur de la tirade qu'on lui avait confiée. Aussi rejoignant son mystificateur dans le couloir des loges, elle lui serra simplement la main, en lui confiant ce cri de son cœur ulcéré :

— Hein? la jalousie!!

Moumoute

On avait collé, ces temps-ci, sur tous les murs disponibles de Paris, de grandes tapageuses d'affiches où l'on voyait un terrible adjudant, revolver au poing, et suivi de quatre turcos, baïonnette au canon, troubler méchamment le tête-à-tête amoureux d'un fusilier des

bataillons d'Afrique et d'une moukère de qui la gorge... outrecuidante, si j'ose dire, a dû enchanter les rêves de bien des collégiens.

Et devant cette image, d'ailleurs robuste et bien composée, j'ai entendu maintes fois des hommes, des ouvriers, remontant tout à coup sur leur épaule, d'un geste ressouvenu, leur ballot d'outils comme un sac de soldat, grommeler en passant :

— Chameau !

C'était de l'adjudant qu'il s'agissait. Et ces gens songeaient sans nul doute à d'anciens adjudants qu'ils avaient connus.

Car il n'y a pas à dire mon bel ami, l'adjudant, en général, n'a pas la cote d'amour dans le souvenir des troupiers. Le terme de « chiens de quartier », fort usité dans les casernes, n'a pas été fait pour les chiens, mais pour ces gradés redoutables. Le théâtre et le roman s'en sont mêlés. Le féroce Flick de Courteline et son célèbre motif de punition, quand il appointa de quatre jours le brigadier La Guillaumette : « *A pris le soleil dans une glace pour le jeter violemment à la figure de ce sous-officier* » sont dans toutes les mémoires. Bref, l'adjudant, l'adjudant-entité, l'adjudant « en soi », a une mauvaise presse.

C'est pourquoi, désireux de montrer le bien à côté du mal, et pour que le bon diable rachète les méchants bougres, je veux citer ici quelques traits touchants d'un adjudant qui fut le mien, au temps où je servais la patrie sous les plis de son noble drapeau. En effet, celui-là n'évoque en moi que des réminiscences joyeuses et cordiales, et jamais l'idée ne me viendrait de grommeler : « Chameau ! » quand je songe à Moumoute...

Moumoute — je ne me remets pas son vrai nom, submergé par son sobriquet — était un beau militaire de temps de paix, grand, gros et gras, au thorax bombant dans la tunique, aux cuisses impressionnantes sous la garance, le képi crânement incliné jusqu'à toucher l'oreille droite, au-dessus d'une ronde face aux yeux bleus de poupard ravi de l'existence.

Moumoute, qui nous « mit au port d'armes » moi et les autres pierrots de ma classe, jonglait avec le lebel comme avec une fleur. Véritablement, il était joli à regarder quand il maniait un fusil pour indiquer un mouvement *Sur l'épaule!... drrroite!* Une! Deux! Trois! Passez, muscade! On avait envie d'applaudir.

Il tirait, au reste, beaucoup de fierté de ce rôle d'éducateur héroïque, et nous le fit bien voir, un jour.

* * *

Ce jour-là, dans un café de la petite ville garnisonnée où nous attendions, faute de mieux, l'heure de la libération, je me trouvais assis devant un piano brèche-dents, hurlant quelques chansons de Montmartre, et, d'ailleurs, au milieu d'un auditoire compact de soldats de mon grade — celui qui ne comporte aucun galon.

Soudain, je sentis, derrière mon dos, dans le public rouge et bleu, le froid subit que communique à tout subalterne la présence inattendue d'un supérieur. Je risquai un œil par-dessus mon épaule. La porte de la salle, en effet, s'était ouverte et Moumoute venait d'effectuer parmi nous une entrée sensationnelle.

Je cessai immédiatement de malaxer l'ivoire et de donner de la voix. N'est-ce pas? on ne sait jamais! Mais Moumoute, bon prince, commanda :

— Continuez, Marsolleau! Continuez!

J'achevai donc la romance, peut-être un peu salée, dont je charmais les oreilles martiales de mes camarades. Or, comme je plaquais le dernier accord, une main se posa sur mon épaule et une voix péremptoire affirma :

— C'EST MON ÉLÈVE!!

Cette déclaration, Moumoute, son autre main sur la garde du sabre et le regard flambant d'orgueil, la faisait à son oncle, un vieux civil, très saoul, qu'il avait amené avec lui, et qui dut croire, tout le restant de sa vie, que son neveu, pédagogue universel, enseignait aux hommes non seulement les immortels principes du tir à répétition, mais encore les notions essentielles de la musique et du chant!

*
* *

Une autre fois, j'étais tranquillement embusqué dans la chambre des sergents, en train d'écrire un conte pour la *Meunerie Française* — voici vingt-deux ans qu'à chaque premier janvier, je persiste à souhaiter, en vers, la bonne année aux lecteurs de ce magazine, car je suis un collaborateur fidèle! —et ce conte déroulant son aventure sous le règne de Louis XV, le Bien-Aimé, j'y faisais, comme de juste, se rencontrer pêle-mêle un tas de notoriétés du siècle dix-huitième.

Moumoute, *ex abrupto*, pénétra dans mon asile. Zut! Pincé! Mais non : Moumoute vint droit à ma table sur laquelle je pondais, sans trop s'étonner, au demeurant, que je fusse là au lieu d'être à l'exercice. Plusieurs feuillets noircis s'empilaient à ma gauche, dûment numérotés déjà. Moumoute prit le premier, le lut, le remit en son lieu, saisit et traita de même le second, puis le troisième, puis le quatrième, puis, comme le cinquième manquait — ma plume inquiète courait dessus, à ce moment — il s'écria :

— C'est très rigolo, cette affaire-là! très rigolo! Mais dites-moi, où est-ce que vous avez copié ça?

Je répondis avec respect :

— Mais, mon adjudant, nulle part! C'est une petite histoire que j'invente...

Il leva les épaules comme quelqu'un que cela dégoûte, à la fin, de toujours se heurter à des êtres bornés qui ne comprennent rien! Et il accentua :

— Naturellement! Je vois bien que vous ne copiez pas sur place! Mais je vous demande dans quel bouquin vous avez lu, avant de le transcrire, ce que vous écrivez là!

Je hasardai :

— Mais dans aucun livre, mon adjudant. Je vous répète que c'est une petite histoire que j'invente..., que j'invente moi-même; c'est si vrai que je ne sais pas encore comment je vais la terminer!

Les sourcils de Moumoute se haussèrent sur ses yeux qui s'arrondirent. Il croisa violemment ses bras sur sa poitrine, et d'une voix changée, non plus l'organe du bon garçon, mais le timbre du chef qui n'admet pas qu'on « la lui fasse », il me rétorqua :

— Dites donc, tout de même! il ne faudrait pas me prendre pour un... Suffit! Si je vous fichais quatre jours de boîte, vous les auriez, n'est-ce pas? Alors, n'essayez pas de me le mettre! Richelieu! Lauzun! J'ai déjà vu ça quelque part!

Sherlockomanie

M. Fumet, horloger-bijoutier, avenue du Maine, avait accoutumé d'aller chaque jour, après dîner, faire sa manille au café d'Alençon, place Montparnasse, avec trois partenaires choisis entre tous : son voisin immédiat, M. Vergé, le papetier-libraire ; M. Plumeron, sous-chef de bureau à la Ville, et le courtier d'assurances pour la vie, M. Crotte. La partie terminée, durant que la grande aiguille de l'horloge de l'établissement trottinait à petits pas entre minuit moins cinq et minuit dix, ces messieurs, rejetant les cartes, et le tapis retiré par le garçon, condescendaient à philosopher sur les événements du jour, en buvant un dernier bock.

Ce soir-là, le suprême manillon à peine coupé, M. Fumet déclara :

— Ils me font suer, les romanciers et les dramaturges avec leurs Sherlock Holmes, leurs Dupin, leurs Monsieur Lecoq ! Voilà qui est bien malin d'être un policier habile ! Dépister un criminel, la belle affaire ! Il suffit d'un peu d'induction. L'esprit inductif, tout est là ! Ainsi, moi, qui le possède, cet esprit inductif, si je voulais... à chaque instant !...

Mais, sur ces simples paroles, les trois interlocuteurs de l'opinant, MM. Vergé, Plumeron et Crotte s'empressèrent de lamper leur bière de Munich et de courir vers les patères où les attendaient leur canne et leur chapeau, mouvement qu'ils exécutaient avec ensemble chaque fois que M. Fumet enfourchait ce dada, qui était bien à lui, quoiqu'il ne l'eût point acquis au Tattersall.

M. Fumet, resté seul, se leva à son

tour, se garnit de ses accessoires et gagna la porte. Comme il passait devant la caisse, il demanda à la caissière :

— M. Colmard n'est pas venu, ce soir ?

Entre la coupe aux morceaux de sucre et l'amphore en métal blanc gorgée de petites cuillères, la caissière se pencha et répondit d'une voix assourdie d'un vague mystère :

— Non, monsieur Fumet! M. Colmard n'est pas venu ce soir, et même, c'est particulier, il n'est pas rentré chez lui depuis hier. Mme Colmard est venue à sept heures, tout en larmes, demander si on l'avait vu. Mais personne ne l'avait vu. En tout cas, il n'a pas pris son apéritif ici.

— Colmard découcher? s'exclama M. Fumet; c'est impossible!

— Cependant il a découché, affirma la caissière.

M. Fumet hérissa ses sourcils, colla ses épaules à la caisse, et interrogea, d'un timbre incisif :

— Voyons, madame, récapitulons. Colmard était ici hier soir. Il est même resté après nous. Il était avec cette espèce de bohème, ce peintre, comment l'appelez-vous? Cuissard, je crois...

— Guyzard? monsieur Guyzard, oui, en effet. A vrai dire, tous les deux étaient un peu éméchés. M. Colmard avait payé plusieurs tournées...

— C'est bien invraisemblable! observa M. Fumet.

— Oui, mais c'est vrai. Il paraît que dans la journée M. Colmard avait touché une assez grosse somme d'argent; mille francs, je crois, une commission pour une affaire; une affaire que sa femme ignorait. Vous pensez bien que je n'en ai pas soufflé mot à Mme Colmard.

— Et alors?

— Et alors, ils sont partis tous les deux, M. Colmard et M. Guyzard, vers une heure du matin; un peu éméchés, je vous l'ai dit.

— Et depuis?

— Depuis? Rien! M. Colmard n'est pas revenu.

— Et M. Guyzard non plus?

— Non plus.

— C'est bien, madame. Je vous remercie. A demain!

Et M. Fumet s'en alla. Quelqu'un qui l'eût écouté l'aurait entendu, sous le libre ciel nocturne, grommeler un sourd : « Tiens! tiens! tiens! » comparable au grognement joyeux d'un chien qui sent que sous un tas d'ordures il va déterrer un os.

Dès le lendemain, à la première heure, on eût pu voir M. Fumet, délaissant sa boutique d'horlogerie-bijouterie, parcourir, l'œil aux aguets et le nez au vent, le boulevard Montparnasse, la rue de Rennes, le boulevard Saint-Germain, remonter la rue Saint-Guillaume, le square du Bon-Marché, la rue de Sèvres, reprendre le boulevard Montparnasse, puis l'avenue du Maine. Or là, comme il arrivait presque en face de chez lui, il ressentit comme un coup au cœur, à son cœur de détective! Guyzard, l'incorrigible bohème, le peintre Guyzard était devant lui, lui tendant la main.

— Eh bien ! cher monsieur Fumet, et cette santé ? J'offre l'apéritif. Ça va-t-il ?

Ce Guyzard était un grand diable au nez menaçant, aux larges pattes velues presque jusqu'à la naissance des doigts, fort mal mis, d'ailleurs, sous un feutre

mûri par les intempéries, et de qui le pantalon avait quelque chose de mexicain parles franges qui en adornaient les bas de jambes.

— Vous m'offrez l'apéritif ? sursauta M. Fumet. Peste ! mon cher ! vous avez donc fait un héritage ?

— Probable ! et un joli ! déclara Guyzard qui, triomphalement, sortit de la poche de côté de son velours à côtes et secoua par les airs, tout déplié, un billet de cent francs, véritable.

Les yeux de M. Fumet, à cet instant, s'arrondirent comme des billes. Mais il les recouvrit aussitôt de la double capote de ses paupières et annonça :

— En ce cas, ce sera un vermouth-cassis, si vous voulez bien !

Et tous deux s'attablèrent à la terrasse d'un petit mannezingue, qui se trouvait là comme par hasard.

Après un temps, où, mutuellement, ils se passèrent avec courtoisie et sans paroles vaines la carafe préposée à diluer d'eau pure les poisons diversement colorés de leurs consommations, M. Fumet fixa son interlocuteur, assura son regard comme un canon de fusil sur un trépied de tir et fit feu de cette nette interrogation :

— Y a-t-il longtemps que vous n'avez vu Colnard ?

Le grand diable se tapa sur les cuisses de ses deux mains qu'il éleva ensuite vers les nues et rugit :

— Et vous ? Ça, par exemple, c'est

le fou du fou ! Je l'ai perdu, Colmard ! Car je l'ai perdu, il n'y a pas à dire ! comme on perd un toutou, un portefeuille ou un parapluie !...

— Racontez-moi cela ! s'intéressa M. Fumet qui, du coup, planta ses coudes sur la table et son menton dans ses paumes, subitement tombé en arrêt, tel un pointer devant une caille.

Guyzard haussa les épaules, puis :

— C'est bien simple, mais c'est bien bizarre tout de même ! Avant-hier soir, nous avions un peu bu, Colmard et moi : il était pourri de galette, Colmard ! si bien que la joie d'être plein de bière et d'argent lui inspira, à la fermeture du café et parce que le temps était beau, le désir saugrenu d'aller et de m'emmener à pied jusqu'à Versailles, par les bois ! Une idée de poivrot, quoi ! Vous savez que Colmard, toujours assis sur son rond de cuir, pose au marcheur infatigable, au jarret d'acier. Moi, j'essayai bien de lui objecter : « Mais ta femme? elle va t'attendre ! » Il me répliqua : « Eh bien ! elle m'attendra ! Ça sera pour les fois qu'elle m'a fait endêver ! » Et puis, il me blagua; il m'appela : « Fainéant, tortue, escargot de trottoir, » est-ce que je sais ! J'étais aussi un peu dans les houblonnières du Seigneur. Bref...

— Bref ?...

— Bref ! nous nous mîmes en route, par la barrière, le pont de Saint-Cloud, Ville-d'Avray, et cœtera. Il trottait comme un lapin, ce sacré Colmard ! Au point qu'à un moment, j'en eus vraiment ma claque; d'autant que les liquides absorbés m'incitaient impérieusement à une halte-repos. Mais Colmard ne voulut rien entendre pour s'arrêter.

— Tu me rejoindras, poule mouillée, me criait-il; et je le vis disparaître, filant le long des arbres, sur le chemin zébré de lune, de son pas de chasseur à pied civil. Une minute après, je l'appelai; il ne me répondit pas. Alors, ma foi ! j'étais vanné, je n'allais pas courir après lui; la nuit était tiède et l'herbe sèche : je me suis couché tout bêtement au pied d'un châtaignier, et j'ai dormi jusqu'au matin. Après quoi, j'ai regagné la capitale. C'est égal ! quelle pistache il tenait, Colmard ! Tenez ! la meilleure preuve : c'est qu'il m'a donné cent francs ! Oui ! il m'a fourré de force ce billet-là dans ma poche ! Fallait-il qu'il soit saoul ! hein ?

Et Guyzard se tordit, tout en appelant le garçon pour le payer. M. Fumet insista :

— Alors, ce billet ?

— Est un cadeau de Colmard ! Parfaitement ! Et, sans plaisanterie, il n'est pas encore revenu, ce phénomène ?

— Non ! articula M. Fumet.

Et, en lui-même, serrant les dents pour empêcher sa conviction de fuser entre ses lèvres, cependant qu'il considérait les mains velues du bohème en train de ramasser la monnaie, il ajouta :

— Et il ne reviendra pas !

Le soir de ce même jour, au café d'Alençon, place Montparnasse, MM. Fumet, Vergé, Plumeron et Crotte ne iouaient pas à la manille. Leurs quatre

têtes rejointes au-dessus du centre de la table se heurtaient presque, tant ils parlaient bas, ou plutôt tant M. Fumet parlait bas, car les trois autres ne faisaient que l'écouter passionnément.

— Non ! disait M. Fumet, il n'y a pas le moindre doute. Nous connaissons tous Colmard : employé modèle, mari asservi, aussi incapable de manquer son bureau que de manquer à sa femme, il n'a pas paru depuis deux jours, ni à son administration ni au domicile conjugal. D'autre part, voici ce Guyzard, besoigneux invétéré, qui n'a jamais possédé un sou en poche et qui, tout à coup, sort des billets de banque, invite les gens, règle des tournées de consommations ! Et ces deux hommes ont traversé ensemble des bois déserts, la nuit !

— C'est clair, opina M. Crotte.

M. Plumeron trouva, lui, que c'était louche. M. Vergé ne dit rien, mais il fit une lippe terrible.

— Et, continua M. Fumet avec autorité, Guyzard prétend que cet argent qu'il dilapide à cette heure, ce serait Colmard qui le lui aurait offert ! Est-ce croyable ?

— Non ! affirma péremptoirement M. Vergé, convaincu cette fois, Colmard n'a jamais rien offert à personne, pas même une prise ! Ce n'est pas à son âge qu'il commencerait !

— Colmard avait une grosse somme sur lui. La caissière le sait. Guyzard le savait aussi. Cette pauvre Mme Colmard était la seule à l'ignorer. Il faut la prévenir et qu'elle porte plainte ! Résumons-nous : quel est votre avis ? Doit-on aviser le commissaire ?

— Certainement! trancha M. Plumeron.

— Et le plus tôt sera le mieux! acquiesça M. Crotte.

— Ce Guyzard est un assassin! gémit M. Vergé; et quand on songe qu'on rencontre des chenapans pareils dans ses relations quotidiennes!

Comme il disait ces mots, la porte du

café s'ouvrit avec fracas et Guyzard, la face béatement illuminée et la dextre tendue, se trouva, en trois pas, devant la table de ces messieurs.

— Ah! ah! clama-t-il, voici l'académie de manille au grand complet! Quatre qui en valent quarante!

Il serra cordialement quatre mains que nul n'osa lui refuser, s'assit et commanda :

— Cinq demis! Ce soir, c'est moi qui régale! Je suis riche comme Crésus! A propos, Colmard? A-t-on retrouvé Colmard?

Quel cynisme! MM. Fumet, Vergé, Plumeron et Crotte acceptèrent les demis, mais la mousse leur en parut amère. On a sa conscience, n'est-ce pas? Toute la soirée, du reste, ils eurent mal à cette conscience, car le bohème les abreuva royalement, et ils durent boire l'argent du crime jusqu'à plus soif!

A la sortie, et après avoir encore subi l'accolade effrontée de Guyzard, MM. Crotte, Plumeron, Vergé et Fumet se regardèrent.

— Il faut prendre une décision! dit M. Vergé.

— La justice doit intervenir! appuya M. Plumeron.

— Je me charge de lui mettre la puce à l'oreille! promit M. Fumet. Mais j'aurai besoin de vos signatures.

— Est-ce qu'une lettre sans signature, mais détaillée, ne ferait pas tout aussi bien l'affaire? insinua M. Crotte.

— Parbleu! Crotte, vous parlez d'or! Je n'y songeais point.

Deux jours après, sur la foi d'une dénonciation anonyme, le nommé Guyzard, artiste peintre, élève de la nature, non médaillé, était proprement cueilli par deux agents de la Sûreté et mis en lieu sûr et au secret sous la prévention d'assassinat suivi de vol.

Et nos quatre soutiens de la société avaient repris le cours de leurs manilles avec la juste fierté du devoir accompli, rien, surtout, n'égalant l'orgueil ingénu de M. Fumet dont le dada était bel et bien devenu un cheval gagnant, quand, vers la fin de la semaine, une brutale désillusion les foudroya. Colmard, l'assassiné, Colmard en personne, réapparut, en chair et en os, l'air un peu fatigué, mais bien vivant!

Et il conta son histoire. Il avait continué à marcher, la nuit fatale. Il était arrivé à Versaille et, là, s'était rendu tout droit dans une maison dont la porte demeurait toujours ouverte ; une bonne maison, certainement, car il y avait reçu une hospitalité si douce que, ma foi ! il y était resté huit jours pleins. Annibal s'est bien laissé aller aux délices de Capoue ; Colmard, lui, s'était abandonné aux délices de Versailles. Et voilà !

Patatras ! Il fallut bien relâcher Guyzard, meurtrier par induction ; mais il est plus court et plus facile d'entrer en prison que d'en sortir. Guyzard, affamé et crasseux, ne fut rejeté sur le pavé que plusieurs jours plus tard, et sans excuses, naturellement. D'ailleurs, ses malheurs n'étaient pas finis. Sitôt libéré, ayant été trouver Colmard, pour quelque éclaircissement sur cette affaire, celui-ci, qui ne connaissait plus d'autre état d'âme que l'exaspération — car tout le monde se payait sa figure depuis sa résurrection, et sa femme, mise au courant des mille francs touchés et dépensés en dehors du ménage, lui menait une existence d'enfer ! — reçut fort mal son ancien ami et même, révérence parler, le reconduisit jusqu'à son palier d'un grand coup de pied dans le derrière !

Guyzard, de temps en temps, devant MM. Crotte, Plumeron, Vergé et Fumet, s'écrie en se prenant à poignées les cheveux qu'il porte longs :

— Mais enfin ! je n'ai jamais nui à personne, moi ! Quels sont les saligauds qui ont pu me faire arrêter !

Et chaque fois, M. Fumet répond avec sérénité :

— Vous savez ! il y a toujours des gens qui se mêlent de ce qui ne les regarde pas !

Riri

Riri, dit « Le Butant », dit « Lingot », à cause de sa rare aptitude à *buter* de son *lingue* (tuer au couteau) les noctambules attardés, s'appelait aussi Henri de Jusserand. C'était même là son seul nom authentique, fort ignoré de ses « poteaux » habituels. Car il était de bonne famille, d'extraction bourgeoise et aisée et n'avait pas toujours, dans les savanes de la Popinque, battu l'estrade sur le sentier de guerre des apaches parisiens. La vérité est que vers l'âge de vingt-trois ans, à son retour du régiment, révolté de l'obstination que mettait son père — dont il était d'ailleurs le fils unique — à demeurer en vie au lieu de lui laisser ses rentes en héritage, Henri, à la suite de quelques peccadilles telles que faux, vols et effractions au préjudice de ce vieillard trop durable, avait définitivement quitté sa maison et son nom, lequel ne pouvait guère lui servir, en l'état des choses, qu'à l'obliger à des périodes de vingt-huit et treize jours, formalités qu'il préféra éviter.

Depuis, le vagabondage spécial, la cambriole et quelques fructueux affûts nocturnes lui avaient permis de vivre assez à son aise, la cigarette au bec et le foulard au cou. Pas vu, pas pris : jamais il n'avait passé devant les comptoirs de la magistrature ! Fin comme l'ambre, il avait, du poisson, l'esquivement rapide et glissant et la discrétion absolue qui fait qu'on n'est jamais à la merci d'un bavardage.

Cependant il arrivait à la trentaine et il sentait bien que c'était l'instant, le moment de réussir, une bonne fois, un bon coup qui le mettrait pour toujours à l'abri des hasards et des déveines possibles. Comme dit l'autre : « La jeunesse n'a qu'un temps ! »

C'est pourquoi, par cette brumeuse soirée de décembre, ayant convié Julot le Frisé, un vrai costaud et pas très compromis non plus celui-là, à prendre la bleue, au bar de la Fraternité, en face l'église, il lui proposa l'affaire, sans plus attendre.

Elle était simple comme bonjour. Boulevard Magenta, au troisième étage, un rentier de soixante-dix ans, riche comme Crésus et qui venait justement, à cause de la saison, des étrennes prochaines et du terme, d'encaisser la forte somme. Lui, Riri, savait tout cela par la cuisinière, une copine. Celle-ci logeait au sixième étage ; le vieux, tout seul, dans son grand appartement. L'argent était dans le secrétaire de la chambre à coucher. Détail providentiel, le type était dur d'oreille, sourd comme une pioche. On pourrait travailler à côté de lui, sans qu'il se réveillât. Ah, dame! par exemple! il ne fallait pas qu'il ouvrît l'œil impunément : c'était un ancien commandant de cavalerie, encore vigoureux, à qui on ne devait pas permettre de dire : « Ouf! » car il aurait sauté sur son revolver!

— Penses-tu, grogna le Frisé, que je le laisserai bouger? Y a pas que toi, Lingot, qui sais y faire, au surin!

— Pour arriver, c'est des roses! continua Riri. A dix plombes et demie, la boniche est remontée chez elle, et le frère mironton est au pieu. Ça se plume comme des poules! Juste à cette heure, la pipelette est dans l'escalier du fond de la cour à étouffer les camoufles : et elle laisse la lourde de la turne entrebâillée pour les locataires qui rappliqueraient pendant qu'elle n'est pas dans sa loge. L'escalier du devant est déjà soufflé à ce moment-là. Nous entrerons comme dans du beurre, du beurre noir! Pour sortir, un « cordon, s'il vous plaît! » et ça fera la rue Michel!

— Tout de même! conclut le Frisé, il vaudra mieux que ça se passe en douce. On veut pas la mort du pécheur! Faut espérer qu'il fera dodo, le client!

Riri, haussant les épaules, acquiesça :

— Naturellement!

* * *

Onze heures moins le quart de la nuit, la seconde après cette conversation. Tout s'était jusqu'ici passé comme Riri l'avait dit et la scène, éclairée sobrement par deux lanternes sourdes, se déroulait selon les normes dans la chambre à coucher du rentier du boulevard Magenta. Les deux compagnons, [illegible], avaient aisément descellé la porte de l'appartement. A présent ils « travaillaient ».

Riri, accroupi devant le fameux secrétaire, en faisait délicatement sauter la serrure. Le Frisé, debout près du lit, le couteau au poing et levé, par prévision, prêt à frapper, guettait le sommeil acharné du vieux monsieur. Car

il dormait, le vieux monsieur! comme une souche! Et pourtant, à l'avis intime du Frisé, Riri n'agissait pas avec toutes les précautions nécessaires. Il y avait des grincement d'acier qui auraient réveillé dix fois un particulier moins sourd. Heureusement que celui-ci l'était pour dix!

La tablette se souleva; le meuble était forcé. Une liasse de billets de mille s'offrait, comme d'elle-même, pas garée. Riri la prit; puis il lâcha la tablette qui retomba. Une maladresse, certainement! Cela produisit un bruit sec et clair.

— N... de D...! jura le Frisé; et il assura son couteau dans sa main. Mais le dormeur ne broncha pas. Il émit un vague ronflement, se retourna du côté de la ruelle et rentra dans le silence et l'immobilité. Le Frisé respira. Il avait eu la sensation de la nécessité d'un geste décisif.

— Filons! chuchota-t-il.

— Oui, consentit Riri, mais viens à côté, dans le salon; il y a des choses en or, des bonbonnières anciennes qui, fondues, vaudront leur prix!

Riri, dans l'action, oubliait l'argot. Il semblait, d'ailleurs, ne quitter la chambre qu'à regret. Il arrêta le Frisé au seuil des deux pièces.

— Reste là. Je sais où sont les bibelots. S'il arrivait, pendant que je cherche, hein? ne le rate pas! car il ne nous raterait pas, lui!

— T'épate donc pas! fit le Frisé qui s'installa, sa lame toujours bien en main, derrière la portière.

Riri fouilla sur la cheminée, mit dans sa poche deux tabatières du dix-huitième, sans grande valeur. Rien ne venait. Il heurta une chaise qui tomba. Nul ne bougea. Alors, comme pris d'une démence subite, il se précipita vers le piano, l'ouvrit, et, de toutes ses forces, tapa sur le clavier les premières notes de la *Valse des Cambrioleurs*. A ce coup, le fracas fut infernal.

— Riri! haleta le Frisé.

Mais il n'eut pas le loisir de parler davantage. Une silhouette en chemise, hésitante mais haute, s'encadrait dans le chambranle de la porte. Un « han! » d'assommeur retentit. Le Frisé avait saigné son homme. Une forme s'écroula sur le tapis, grelotta un instant, ne bougea plus.

Dix minutes après, dans la rue, évadés de la maison sans encombre, les deux hommes se regardèrent.

— Ça avait si bien marché! et sans accroc! T'es donc louf? chuchota le Frisé.

— Des fois! avoua Riri.

Ils se quittèrent, après avoir partagé le butin. Trois mille balles pour chacun, plus les bibelots. Tout de même on n'avait pas perdu son temps!

Le lendemain, le Frisé apprit par les journaux du soir que la victime était un certain M. de Jusserand; mais il ne connaissait personne de ce nom et cela ne l'intéressait guère.

D'ailleurs il ne revit jamais Riri, qui disparut de ce jour-là. Ou plutôt, si! Un soir, à la sortie d'un théâtre devant lequel il passait à pied, il aperçut, montant dans un auto, un monsieur extrêmement chic, dont les traits lui rappelèrent ceux du « Butant » d'une façon extraordinaire. Il fut même sur le point de l'interpeller.

Mais il en eût, sans doute, été pour sa courte honte. Quelle apparence que M. Henri de Jusserand, ayant hérité de son père, devenu homme du monde, homme riche et conséquemment honnête homme, pût reconnaître un voyou quelconque, clapotant sur ses espadrilles dans la boue de Paris?

Petites femmes de revues

Elles ne sont plus drôles. Non pas qu'elles aient changé, elles-mêmes, les chères créatures du bon Dieu! mais parce que les revues d'à présent ne leur fournissent plus l'occasion de dévoiler les trésors d'attendrissante ineptie et de comique involontaire qu'elles recèlent, comme par définition, dans la châsse vivante et rebondie aux bons endroits, de leurs formes généralement savoureuses.

La revue d'aujourd'hui — je ne parle pas des petites revues des petits théâtres, lesquelles servies dans un cadre restreint et par, au plus, trois ou quatre protagonistes choisis, demeurent souvent spirituelles et mordantes — non, mais la grande revue, la revue à costumes et à défilés, qui comporte un déploiement de personnel considérable et une équivalente magnificence de décor, s'est réfugiée au café-concert et dans les music-halls. Et, dame! les auteurs de cette sorte de productions ne se donnent guère la peine de rimer des couplets ou d'inventer des scènes ingénieuses.

Y a des Fez! proclame le titre de l'une de celles qu'on représente en ce moment. Il y a des fez, en effet, et cela suffit! Or, inutile de faire chanter ou jouer la comédie à des fez! Il suffit qu'on les montre à tous les passants, comme le héros de la romance, quand il était petit et qu'il n'était pas grand. Et comme ce geste, les petites femmes de revue l'exécutent sans gaucherie, et tout naturellement — l'habitude est une seconde nature! — elles ne sont plus drôles.

Elles sont... suggestives, si l'on veut, mais voilà tout! et sans originalité spéciale. Elles ont perdu le piment de leur profession, ce qui constituait le plus piquant de leur ragoût.

Oh! dans les revues d'autrefois, les revues à refrains et à diction, la première confrontation d'une petite femme à maillot avec un ou ses rôles! La stupeur de ces jolis yeux devant le texte à interpréter! L'incompréhension infinie du sens des mots et du son des notes! C'était une joie!

***

Feu Charles de Sivry, le musicien, aimait à conter cette anecdote :

Il faisait, certain jour, comme chef d'orchestre, répéter une revue dans un théâtre. Arrive, à l'avant-scène, celle des « artistes » dont c'était le tour de remuer le cœur des foules.

Deux accords, et elle entonne avec sérénité :

Moi! ze suis Emapinondas!

De Sivry frappe de son bâton la boîte du souffleur :

— Voulez-vous reprendre, mademoiselle ? Ce n'est pas : *Emapinondas* que vous avez à dire, c'est : *Epaminondas !*

— Bien, monsieur !

Et elle reprend :

Moi ! ze suis Emapinondas !

Coups de baguette derechef (d'orchestre) ; et de Sivry articule :

— Epaminondas ! mademoiselle. E-pa-mi-non-das !

— Bien, monsieur !

— Détaillez-le avec moi : E-pa-mi-non-das.

— E-pa-mi-non-das !

— Et, maintenant, allons-y !

Deux accords ! et l'enfant, pour la troisième fois, relance à pleine voix :

Moi ! ze suis Emapinondas !

Puis, se cachant le visage dans le pli de son coude, confuse et furieuse à la fois, tapant du pied et, finalement, s'enfuyant vers la coulisse, elle déclare, dans un sanglot :

— Je ne peux pas chanter ce que vous voulez ! D'abord, ça ne signifie rien !

N'est-ce pas charmant ? Mais, à présent, on ne leur parle plus d'Epaminondas. Alors, ces aventures n'arrivent plus.

* * *

Je crois bien que Courteline et moi avons donné, en 1894, aux Nouveautés, la dernière grande revue à effort littéraire. Cette qualité ne l'a, d'ailleurs, pas menée jusqu'à la centième. Mais, dans *Les Grimaces de Paris*, il y avait beaucoup de chansons qui étaient vraiment des chansons avec des rimes authentiques au bout des vers. Et, comme de juste, cela ne s'apprenait pas comme sur des roulettes. Un de ces morceaux à lui tout seul nous valut deux manifestations de cet esprit si particulier de la petite femme de revue, dont je déplore l'éclipse.

Il s'agissait de deux couplets sur « la Réclame » ! Or, après avoir demandé trois jours pour les bien étudier, ces deux couplets et « se les mettre dans la bouche », la jeune personne qui les devait interpréter, se déclare, un bel après-midi, tout à fait en forme. et, en

effet, nous gazouille la chose fort congrûment jusqu'à la fin.

Mais, à la fin, cela se gâte. Voici ce que nous entendons, soudain remplis de doute et d'angoisse :

Gobe l'affiche!
Coupe aux godants!
Il faut que je te fiche
Dedano! (?)

— S'il vous plaît? — supplions-nous — qu'est-ce que vous chantez là?

Très froissée de cette intervention, la jeune personne répond avec une sècheresse dont le froid actuel donne à peine une idée :

— Je chante ce qu'il y a!

Non sans quelque arrogance, elle nous tend la copie de son rôle, et nous constatons que sur ce manuscrit calligraphié en ronde, l'*s* du dernier mot : *dedans* (il faut que je te fiche dedans!) ressemble assez à un *o*. En sorte que la perspicace divette avait lu : *dedano*; et, sans chercher plus loin, chantait « dedano » au lieu de « dedans », avec toute la simplicité de son âme!

Mais ceci n'est qu'une plume. Au cours de ces mêmes couplets, se trouvaient ces autres vers, La Réclame déclarait :

Je vends, je vante et j'invente,
Menteuse savante,
Tout produit nouveau, etc., etc.

La jeune personne qui, avec le temps, finit tout de même par comprendre qu'on fiche les gens dedans, et non pas dedano, avait continué à travailler son rôle et s'y montrait, ma fois! fort à ses avantages, quand tout à coup, à la répétition qui précédait la générale, je l'entends qui modulait :

Je vends, *je chante* et j'invente, etc., etc.

Je l'arrête, et lui observe que si les auteurs ont mis là trois verbes commençant par des *v*, c'est que, sans doute, c'était leur idée à eux.

Là-dessus, la voilà qui rougit, se trouble et murmure :

— Monsieur, je ne chanterai jamais cela!

— Quoi? cela?... Qu'est-ce qu'il y a?

— Il y a que j'ai beaucoup d'amis dans les cercles qui se moqueraient de moi et qui me monteraient des bateaux!

— Mais pourquoi? au nom du Seigneur Tout-Puissant?

Alors, tout bas, honteuse horriblement, elle murmure — je l'entends encore :

— Vrai! je ne peux pas! C'est trop dégoûtant : Je vente!...

« Je VEnte » avec un E! Voilà ce qu'elle avait compris, la chère enfant! Et, là-dessus, Courteline et moi dûmes céder. Elle en eût fait une question de cabinet.

***

Ne trouvez-vous pas qu'il est dommage qu'un tel élément de gaieté disparaisse peu à peu de nos scènes?

Notez que je suis persuadé, comme je le disais au début de cet article, que les jolies poupées déshabillées qui triomphent à cette heure sur les tréteaux parisiens n'ont rien à envier à leurs anciennes.

Seulement, voilà : personne ne leur fait plus jouer la difficulté. La plupart de leurs auteurs ont la même orthographe qu'elles!

Isidore ou le Veuf consolable

Isidore était notre garçon de bureau, au *Tambour*. Un petit vieux bonhomme, grisonnant, sec, et décoré de la médaille militaire, car il avait, jadis, en qualité de sergent rengagé, servi avec honneur la France, dans un de ses régiments de chasseurs à pied.

Ce passé glorieux lui octroyait, à son avis tout au moins, le droit à un présent fainéant. Il avait assez fait de service, pensait-il, pour ne plus faire de zèle. Et, pour être véridique, je ne crois pas qu'il y ait eu ni qu'il puisse y avoir jamais bureaux plus mal tenus que ceux du *Tambour*. Les floches d'une crasse jamais époussetée s'agglméraient sur le dos cartonné des collections rangées dans une bibliothèque qui toujours avait ignoré l'existence du plumeau. On aurait pu écrire « cochon ! » du bout du doigt sur toutes les tables de la rédaction, tant la poussière, partout où le coude des rédacteurs ne l'enlevait pas, s'invétérait en toute sécurité ! Pour ce qui est des encriers, il n'y avait jamais d'encre dedans; et quant aux parquets, le souvenir classique des *écuries* d'Augias *s'imposait*. Isidore n'avait rien d'Hercule, et la seule idée d'un nettoyage des locaux commis à ses soins le faisait, selon son expression, sortir de son caractère.

Mais les journalistes sont de bons enfants; et, tout au contraire des parvenus — c'est peut-être, au fond, parce qu'ils arrivent rarement à quelque chose ! — ils sont indulgents à leurs subordonnés et affables envers leurs serviteurs. Et Isidore, loin qu'on lui reprochât oncques quoi que ce soit, ne recevait pour sa paresse tranquille et son indéfectible malpropreté que des sourires, des bonnes paroles, des poignées de main tout le long de l'année, et des étrennes au jour de l'an.

Ah ! le bougre !

Isidore était marié. Comme il prenait possession de son poste dans le vestibule du journal, vers deux heures de l'après-midi, il déjeunait chez lui; et sa femme lui apportait chaque soir son dîner. Il le mangeait, ce dîner, tout seul, d'un air grognon et d'une mâchoire dégoûtée. C'était des lentilles, une soupe refroidie, une assiettée de ragoût figé, Isidore semblait, à cet instant, méditer cette forte pensée qu'on mange pour vivre, mais qu'on ne vit pas pour manger.

Or, il advint une catastrophe. La femme d'Isidore trépassa. Et, le matin du fatal événement, Isidore, accouru au *Tambour*, dès l'ouverture de la caisse, montra, tant il ruisselait de larmes, une figure tellement plus semblable à une éponge trempée qu'à une face humaine, que le caissier ne put faire moins que de lui avancer deux mois de ses appointements. « Pour les frais ! » gémissait Isidore.

Le caissier n'ignorait pas que c'était le journal qui, certainement, paierait ces frais ; mais, n'est-ce pas ? un homme, et un vieil homme, qui pleure, c'est irrésistible ! En ce temps-là, du reste, les caissiers avaient du cœur, et la mère aux avances n'était pas morte.

Le soir quand nous arrivâmes, ce fût bien plus touchant encore. Isidore n'était plus éponge : il était cataracte ! Il implora du patron un petit secours supplémentaire, et aussi huit jours de congé ! Il aimait tant sa pauvre défunte ! Songez donc ! Il l'avait épousée étant encore au régiment ! La plus jolie fille de la ville ! et la plus honnête ! Jamais une querelle entre eux, depuis vingt ans de ménage ! Jamais un mot ! Toujours d'accord comme au premier jour ! Et de refondre en pleurs. Tout le monde était ému. Et chacun, selon ses moyens, nous tâchâmes de lénifier sa douleur ; les uns avec des mots réconfortants, les autres avec des pièces de cent sous. Il acceptait tout avec une reconnaissance égale. Brave Isidore !

Le jour de l'enterrement, toute la rédaction du *Tambour* tint à honneur d'accompagner jusqu'à sa dernière demeure — à Saint-Ouen, ce n'est pas ici ! — la compagne du vieux compagnon de notre antichambre. Il faut dire que l'énorme chagrin d'Isidore nous semblait un peu hors de propor-

tion. Jolie ! feue Mme Isidore ? Hum ! Comme un vieux cheval de gendarme qui aurait des éparvins. Nous la connaissions, pour l'avoir vue souvent apporter la soupe à son mari. Honnête ? Dame ! Il y avait des chances qu'elle l'eût été ; depuis beau temps, au moins ; car elle avait certainement bien dix ans de plus que son mari qui n'était pas tout jeune, le pauvre. Et, en ce qui concerne la parfaite intelligence du ménage, ce n'est pas une fois, mais dix, mais vingt ! que nous avions entendu Isidore et Mme Isidore, au moment où celle-ci arrivait avec ses plats enveloppés dans une serviette, échanger des propos dont l'aménité semblait plutôt bannie, vu que les termes de « grand chameau ! » et de « vieux saligaud ! » y alternaient comme en un dialogue peu virgilien.

Enfin, n'est-ce pas ? des goûts et des couleurs... Isidore était si parfaitement effondré, au cimetière ; il avait si bien l'air de dire comme le Marseillais : « Retenez-moi ou je fais un malheur ! » que nous fûmes obligés de l'arracher du bord de la fosse. L'animal faisait mine de s'y vouloir précipiter, lui aussi, ne pouvant se résoudre à quitter « une tête si chère ! »

— Qu'est-ce que je vais devenir, à présent ? Tout seul ! comme un chien ! Ah ! j'ai tout perdu d'un coup ! se lamentait-t-il, cependant que nous l'entraînions.

Nous le raisonnâmes chez un bistrot, avec toutes nos éloquences et trois ou quatre absinthes au sucre. En sorte qu'il partit pour chez lui, très saoûl, mais moins triste.

Dix mois après — il avait repris ses fonctions, toujours avec la même perfection dans l'indécrottabilité — Isidore retourna un autre matin, dès l'aube, à la caisse, et redemanda deux mois d'avance.

— C'est parce que je vais me marier ! expliqua-t-il. J'ai trouvé une petite femme ! qui est belle ! et puis beaucoup plus jeune que moi ! Je l'ai rencontrée le soir de l'enterrement ! Vous vous souvenez !

Il ajouta :

— Je suis bien content que l'autre soit morte ! Elle me faisait du mauvais manger ! Tandis que celle-ci me fait du bon manger !

Et, de toute son âme, il se passa la langue sur les lèvres.

La bague

C'est à un dîner professionnel, une sorte d'agape confraternelle où ne s'attablaient que des huissiers, un repas de recors, si j'ose dire, que Me Jules-Eusèbe-Narcisse Delaporte conta à ses collègues sa petite histoire de la bague, laquelle, en ce milieu de gens compétents, obtint le plus franc succès.

Le Tout-Paris débiteur connaît maître Delaporte (Jules-Eusèbe-Narcisse). Grand, mince et sec, muni d'énormes mains, adroites, gourmandes, aptes à tout saisir, et de deux petits yeux bleus aiguisés par l'exercice du récolement, cet officier, aussi implacable que ministériel, se distingue surtout par l'originalité de son système capillaire. Car il serait chauve totalement, s'il ne conservait, en haut de son front, une sorte de mascaret de cheveux semblable à une vague irritée et qui déferle assez loin sur son crâne pour donner l'illusion d'une crinière.

Or, à ce dîner, autour d'un dessert bien compris, ils étaient là, une dizaine de messieurs huissiers (je pense, en effet, qu'on doit dire les « messieurs huissiers », comme on dit les « messieurs prêtres », et surtout prendre bien garde d'aspirer l'h, car avec huissier, toute liaison est dangereuse!) et l'on avait abondamment critiqué certains articles du code de procédure, qui permettent parfois au gibier traqué par la meute des papiers timbrés d'échapper à l'hallali final de la vente par autorité de justice, quand Me Delaporte prit la parole :

— Oh! professa-t-il, avec un peu d'expérience et d'ingéniosité, on finit toujours par tirer pied ou aile de la bête poursuivie. Certes! il y faut l'inspiration, le coup d'œil, la promptitude à profiter des circonstances, voire le génie de les faire naître! Mais tout cela, mes chers collègues, nous le possédons par définition. Nous autres, huissiers, nous sommes des types dans le genre de Napoléon, toujours en guerre, toujours en invasion chez autrui! Chaque maison est pour nous comme un pays ennemi où nous devons pénétrer et ne rien laisser, à moins qu'une rançon suffisante ne nous soit versée par l'habitant. Personnellement, je ne crois pas qu'il me soit jamais arrivé de revenir bredouille d'aucune de mes expéditions. Tenez! un exemple :

« Voilà dix mois à peu près, j'avais à saisir un homme de lettres. Et vous n'ignorez pas que l'homme de lettres est l'espèce la plus difficile à forcer qui soit. L'homme de lettres a parfois fait plus de droit que nous-mêmes. Il est peu intimidable. Souvent chassé, il connaît les détours et les caches et s'entend fort bien à rendre son gîte inexpugnable. Celui chez qui je me présentai ne faisait pas exception à la règle. Dès l'abord, quand j'arrivai avec mes hommes, et que je demandai à la concierge l'étage de l'immeuble de M. X.... cette concierge sembla tomber de son haut :

— M. X...? Je ne crois pas qu'il soit là-haut. Il n'est pas encore venu chercher son courrier.

— Comment? Chercher son courrier? M. X... ne demeure donc pas ici?

— Mais non, monsieur. Il y reçoit ses lettres ; mais il n'est pas mon locataire.

— Il y vient pourtant régulièrement, dans la maison?

— Oui, monsieur!... c'est-à-dire... enfin... Il vient, oui! mais il n'habite pas!

— Et... chez qui vient-il... ne pas habiter?

— Mon Dieu, monsieur, chez sa bonne amie, Mlle Z... une dame bien gentille, bien convenable, et qui paye son terme bien régulièrement.

— Bon! Nous allons monter chez cette dame.

— C'est que je ne sais pas si je peux vous laisser monter! Cette dame...

— Ah! assez! fis-je, car la moutarde commençait à me grimper au nez. Je suis Me Jules Delaporte, huissier. Dites-moi où c'est, ou je vais chercher le commissaire de police!

— Oh! ma foi! ne vous fâchez pas! Cette dame ne se cache nullement. C'est au troisième, la porte à droite.

« Au troisième, à droite, on ouvrit à mon premier coup de sonnette, et M. X..., en personne, fort confortablement vêtu d'un pyjama, m'introduisit, sans plus tarder, dans son bureau. Il y avait cinq pipes sur la table. Les pipes de Mlle Z..., sans doute. Aucune valeur du reste, sans quoi...

« X... me dit aussitôt :

— Monsieur, je crois inutile de vous laisser gaspiller un temps précieux. Voici les pièces qui vous prouveront que je ne suis pas ici chez moi, et que rien, mais rien! ne m'y appartient.

« Là-dessus, d'un tiroir, il me sortit l'engagement de location au nom de Mlle Z..., une liasse de quittances enregistrées, la police d'assurance contre l'incendie; en outre, les factures de tous les meubles, bibelots, tentures contenus dans l'appartement, tout cela de plus en plus au nom de Mlle Z... Ah! celui-là était bien « à l'ordonnance », comme nous disons.

« Mlle Z..., d'ailleurs, parut sur ces entrefaites. Une jolie blonde, et qui sembla scandalisée de notre présence. Mise au courant par X..., elle m'interpella gaîment :

— Alors, monsieur, si j'avais six amis, un par jour de la semaine, et que chacun de ces six amis se mît dans le cas d'être saisi, il viendrait six huissiers chez moi pour me faire vendre ce que je possède?

« Mes hommes en restaient babas. Moi-même, je commençais à sentir sur ma nuque le vent âpre des défaites. Était-ce Waterloo après tant d'Austerlitz? Non! Une remarque que je fis tout à coup me rendit mon courage. La bataille n'était pas encore perdue.

— Monsieur, déclarai-je, je reconnais qu'il ne me reste qu'à dresser un procès-verbal de carence. Si vous permettez que je m'assoie à votre table...

— A la table de Mlle Z..., sourit X...

« Et lui-même m'avança le fauteuil, m'approcha l'encrier et mit le sous-main sous mon grimoire. Mais... patience!...

« Mon papier libérateur terminé, je priai le carencé de le vouloir bien signer à son tour; et, comme il s'asseyait, j'eus l'adroite maladresse, en lui passant le porte-plume, de laisser échapper celui-ci qui tomba sur sa main et la souilla d'encre. C'était un homme propre et un peu maniaque, car à l'instant, toute affaire cessante, il cria :

— Allons, bon! Ma chérie, va vite me chercher du savon et une cuvette.

« Et, d'un geste agacé, cependant qu'à mes excuses, il répondait par un « ce n'est rien, ce n'est rien! » peu convaincu, il retira de son petit doigt une bague qu'il déposa sur la table.

« Alors, moi, je couvris de ma paume cette bague, et je déclarai :

— Je la saisis!

« Puis, je déchirai le procès-verbal de carence.

« X... en demeura stupide! mais il n'y avait qu'à s'incliner. Comme il est très intelligent, il ne protesta point. Il murmura simplement : « Bien joué, au billard! » Mais, il faisait une sale tête!

« Cette bague, un anneau d'or chargé d'un beau brillant, valait dans les cinquante louis. Or, j'instrumentais pour six cents francs, à peu près. Je sortis donc, une fois de plus, triomphant d'une aventure qui s'annonçait mal. Et j'eus cette joie suprême, comme on refermait — sans douceur — la porte sur mes talons, d'entendre Mlle Z..., au comble de la fureur et de l'indignation, appeler celui qui m'avait failli vaincre :

— Imbécile! »

Delaporte est sans pitié.

Un drame passionnel

— Que me veut cette grosse Muse? s'étonna Louis Petitot en recevant le billet suivant :

Mon cher ami,

Il faut absolument que vous veniez déjeuner avec moi, demain matin, à onze heures. C'est une question de vie ou de mort, je vous le dis sans phrases. Votre amie. — Clémence BARBOTIER.

Clémence Barbotier était une dame assez mûre et très littéraire. Elle donnait volontiers de petits vers et de grands dîners; en somme, elle était à la fois bas et cordon bleus, et on lui passait ses œuvres à la faveur de sa cuisine. Car, par une sorte de snobisme qu'elle prenait pour de l'originalité, c'est elle-même qui de ses doigts, dignes de tenir le porte-plume et de pincer les cordes de la lyre, tournait les sauces pour ses convives et tournait le rôt à la broche. Depuis que Mme de Noailles a mis à la mode la poésie de la gourmandise, une Sapho bourgeoise ne déroge plus aux fourneaux.

Cette passion avouée de la frairie et de la franche lippée avait, comme de juste, porté ses fruits; et Clémence Barbotier, veuve libre et riche, à quarante-cinq ans, n'eût, pas plus qu'un chameau, pu entrer dans le trou d'une aiguille. Ses appas s'arrondissaient de tous côtés comme des mappemondes; et de même qu'on disait de l'énorme chanteuse Alboni qu'elle était un éléphant qui avait avalé un rossignol, on eût pu dire d'elle qu'elle était une baleine contenant un dictionnaire de rimes.

Petitot avait vingt ans et encore toutes ses dents sans compter des cheveux innombrables. Il était poète lyrique de son état et dînait, chaque dimanche, avec d'autres confrères, « chez la mère Barbotier » ainsi qu'on appelait irrévérencieusement cette bonne hôtesse. Aussi jugea-t-il qu'il ne pouvait faire autrement que de se rendre à cette invitation, hors-cadre, aussi pressante qu'imprévue.

Donc, à onze heures, il arrivait sur le palier, au troisième étage d'une maison cossue de la rue de Rennes, et se préparait à sonner, quand il s'aperçut que la porte était entrebâillée. Il sonna, tout de même, par politesse et bonne éducation, mais comme personne ne venait ouvrir, il se décida à pénétrer. Et voici que, dès l'antichambre, il entendit des cris plaintifs, semblables à des jappements de petit chien et qui, à n'en point douter, venaient du salon. Après une minute d'hésitation, il se décida, puisqu'on ne l'introduisait point, à se présenter tout seul.

Il souleva une portière et alors un spectacle inattendu le cloua sur le seuil.

Affalée sur un divan, Mme Clémence Barbotier se tordait dans des convulsions d'agonie. Pareille à un édredon coincé par le milieu, sa grosse poitrine et son gros ventre séparés par la ceinture de taille, elle s'agitait, lamentable et tumultueuse, cependant que de sa bouche s'échappaient des gémisements aigus.

Petitot, violemment angoissé, se précipita :

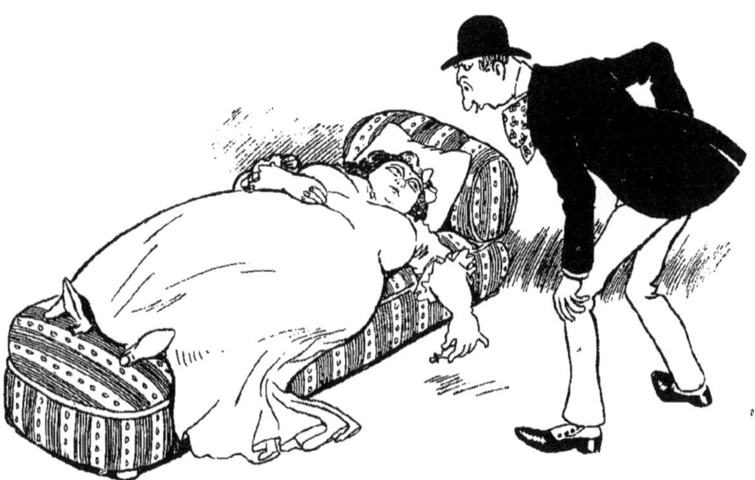

— Bon Dieu! qu'est-ce qu'il y a, madame? s'effarait-il.

— Il y a que je meurs! répondit la dame. Et que je meurs pour vous!

— Ça, par exemple!

Et Petitot en demeura stupide. Mais la mourante continuait avec volubilité :

— Méchant! petit méchant! qui n'a pas voulu voir que je l'aimais, que je l'adorais! et que son indifférence devait finir par me tuer! Méchant! Méchant!

Et elle cria :

— Continuer à vivre ainsi, à quoi bon? Quand l'existence n'est plus qu'un martyre de tous les instants, pourquoi la prolonger? Tu me résistais! Je me suis empoisonnée!

Petitot, redevenu plus calme, demanda :

— Avec quoi ?

— Avec de l'opium ! Et la dose est suffisante, je te prie de le croire, ingrat ! sans cœur ! cruel !

— Mais, dit Petitot, il y a des antidotes contre l'opium. Et vous qui avez été la femme d'un médecin, vous devez

les connaître. Je vous en prie, ne faites pas de bêtises. Je cours chez le pharmacien ! Dites ! Vite ! Qu'est-ce qu'il faut prendre ?

— Du café ! haleta Clémence ; mais je n'en veux pas ! Je n'en boirai pas ! Je veux mourir ! mourir ! mourir !

Petitot ne l'écoutait déjà plus. Il avait tourné les talons et, rué dans la cuisine, il allait faire tout au monde pour préparer un café sauveur ; mais il se rendit compte aussitôt que son ouvrage serait facile.

En effet, sur le fourneau, par une coïncidence étrange autant que providentielle, une cafetière entière était au chaud, bouillante. Sans doute que la suicidée s'était dit que peut-être Petitot ne viendrait pas, et qu'en ce cas il était prudent de préparer, à tout hasard, le remède à côté du mal !

Revenu dans le salon, avec des tasses et du sucre, le bon jeune homme entonna bon gré mal gré à la grosse vieille dame le contre-poison. Elle lui donna le spectacle affligeant d'une indigestion dans ses conséquences les plus désastreuses. Mais que lui importait à elle ? Elle lui avait clamé son amour et savait qu'il était un garçon bien élevé.

De fait, elle dut obtenir ce qu'elle convoitait ; car, par la suite, toutes les fois que Petitot racontait vaguement cette histoire « sans la nommer ! pour un empire ! » et qu'on lui demandait comment il s'en était tiré :

— Joseph ? s'enquérait-on.

Et il répondait, non sans confusion :

— Jonas !!!

Une grande douleur

Quand j'entrai à la brasserie, proche du journal, où nous avions coutume de jouer notre apéritif à la manille, la première figure que j'aperçus fut celle de notre camarade Charles Hermine, poète normand, chef des échos de notre feuille, joyeux vivant, gai luron et tumultueux farceur à l'ordinaire. Mais cette figure, ce soir-là, n'était plus une figure ! C'était une éponge, tant l'eau des larmes la gonflait manifestement. Des pleurs mal essuyés issaient encore du coin de ses petits yeux malins, si hilares généralement, congestionnés aujourd'hui et rouges comme le nez, ceux-là d'avoir été trop frottés, celui-ci d'avoir été trop mouché par un mouchoir douloureux !

Hermine me tendit une main tremblante et chaude de fièvre. Il était accoté à un coin — le meilleur de l'établissement — et bien qu'il eût préparé son absinthe au sucre avec soin et bourré sa pipe avec méthode (l'habitude, n'est-ce pas ? qui fait que l'on agit sans savoir, la bête continuant sa routine, malgré l'âme absente), on sentait que le cœur n'y était pas et qu'Hermine était, selon le mot définitif d'Alphonse Allais, un type dans le genre de Valentine de Milan, dont la devise, après la mort de son mari, fut : « Rien ne m'est plus, plus ne m'est rien ! »

Et Hermine me dit, d'une voix qui se brisait aux angles de la phrase, comme un mauvais bristol ; d'une voix où toute la souffrance du monde passait :

— Il était tout pour moi ! C'était plus qu'un père !

— Oui ! acquiesçai-je, touché.

Mais Hermine, à l'instant même, et bien que du Calvados, entama un véritable *vocero* à la mode corse :

— Il était si bon ! si grand ! si auguste ! un honnête homme et un parfait citoyen ! Tous, au *Tambour* — je parle des anciens, naturellement ! — nous étions ses enfants, ses fils spirituels, sa famille d'adoption ! C'est lui, quand je suis arrivé à Paris, tout gêné de mes habits de province et de mon esprit de petite ville, avec mes vers de clocher dans la cervelle et une pauvre plume de rien du tout au bout des doigts, c'est lui qui m'a accueilli dans son journal, encouragé, réconforté, refait et recréé, je puis le dire ! et logé et nourri, aussi ! puisqu'il m'a toujours gardé comme collaborateur, et que c'est à lui que je dois tout le pain que j'ai mangé et tout l'argent que j'ai touché !

Là-dessus, il tira sur sa pipe qui, effarée de tant d'éloquence, menaçait de s'éteindre, et il lampa une gorgée de son verre. Puis il rentra dans le silence, mais un silence gros de désespoir.

Au fait, voici quelle était l'occurrence : Superbe Porcquerie, le propriétaire-directeur-rédacteur en chef du *Tambour*, vieux romantique, vieux républicain, vieux millionnaire, l'un des flambeaux de la Ville-Lumière et l'une des colonnes du journalisme contemporain, venait de mourir subitement. Or, c'était un article de foi, dans la rédaction du *Tambour*, que l'antique polémiste, et vénérable Rempart de la démocratie, n'avait pas oublié dans son testament ses camarades de lutte, ses compagnons de victoire, ceux qui l'avaient jadis aidé à battre en brèche l'Ordre Moral des tyrans du Seize Mai, et à s'amasser personnellement la grosse galette par la même occasion : le *Tambour*, à cette époque héroïque, s'étant avéré une véritable mine d'or, car on l'achetait comme du pain dans les masses profondes du prolétariat conscient et de la bourgeoisie libérale.

Cette générosité posthume, d'ailleurs, n'irait, bien entendu, qu'aux nestors et aux mathusalems de la maison, à ceux qui, depuis des lustres et des lustres, avaient l'honnenr de donner quotidiennement du « cher maître ! » à ce patron majestueux. Pour nous, les nouveau-venus, engagés depuis peu pour « rajeunir » la gazette, et qui n'étions que poussière et cendre sous Ses pieds, Il n'avait jamais su même nos noms, je crois bien, et nous ne nourrissions, sur le propos de ce décès brusque, aucune espérance, non plus qu'aucune tristesse. Mais Hermine n'était pas dans notre cas.

— Depuis vingt ans! pas un jour! pas un seul jour sans nous voir! hoque-ta-t-il, quand sa pipe brasilla congrument.

Ma foi! comme il ne s'annonçait guère de société folâtre et que j'estime qu'il faut laisser muettes les grandes douleurs, je l'abandonnai à ses souvenirs, ce brave Hermine, et je m'en fus.

Mais c'est le lendemain, à l'enterrement du Maître, qu'il fut le plus beau et le plus édifiant, certes, à contempler! Et quand cet autre maître, le maître des cérémonies, devant le petit hôtel du défunt, au moment où le corbillard s'ébranlait, appela : « Ces messieurs de la rédaction du *Tambour*, », on vit, en tête des autres, de tous les autres collaborateurs, s'avancer Charles Hermine. Il tenait à la main son chapeau haut de forme, mat et à bords plats; et le collet d'astrakan de sa pelisse encadrait une tête de martyr. Véritablement! La face comme tuméfiée par le volcan intérieur d'un inconsolable chagrin; reniflant, par instants, des sanglots irrésistibles, il remplissait la rue du spectacle de sa peine! Car, grand, large et corpulent, il était décoratif et sensationnel. Et, derrière le char funéraire, il ne marcha pas : il défila!

— Ce pauvre Hermine! — s'entre-confiait-on dans le cortège, et très sincère ment sans gouaille aucune — Comme il aimait Porcquerie! Il est capable d'en faire une maladie!

J'avoue que telle avait été mon im pression personnelle; à ce point que, quelques jours plus tard, rencontrant Hermine — qui, depuis l'événement fatal, n'avait plus reparu au *Tambour* — place de l'Observatoire, non loin de son domicile, j'hésitai un peu à l'aborder.

Entre temps, le notaire avait ouvert le testament du Maître; et l'on avait pu constater que les vieux compagnons de lutte et de victoire y étaient totalement oubliés. Ce document comportait bien un legs particulier; mais celui-ci avantageait une jeune actrice qui n'avait certainement jamais combattu le maréchal de Mac-Mahon ni M. de Fourtou!

Je me hasardai pourtant à arrêter le camarade; mais comme je lui serrais la main d'une pression de condoléance, en lui disant : « Ce malheureux Porcquerie, tout de même! » Charles Hermine, rejetant le torse en arrière, l'œil furieux et la bouche amère tonitrua :

— Ce vieux chameau! Ah! bien, il n'a pas mal fait de crever! C'est le seul service qu'il aura rendu aux gens! Débarrasser le plancher!

Et il répéta, grommelant dans ses dents :

— Vieux chameau!

Ce jour-là, j'ai perdu encore une illusion.

Le poêle

Albin Trudaine, en rentrant ce soir-là, vers minuit, dans son appartement du cinquième, passage Piémontési, à Montmartre, au coin de la rue Houdon, était ivre de joie. Il ne fallait rien moins que cette allégresse pour lui faire appeler « appartement » ce modeste asile sous les toits, composé d'une pièce où il couchait et d'une cuisine où il se lavait — sur l'évier, promu toilette Louis XV, de par une petite draperie retombante qui en épousait la pierre.

Si Albin Trudaine était ivre de joie, d'orgueil aussi, avouons-le, et de quelques apéritifs, par surcroît, c'est qu'il se trouvait, par hasard, dans la peau d'un homme riche. Il avait, ici, dans le gousset supérieur gauche de son gilet, celui où on ne met jamais rien, un beau billet de cent francs plié en quatre! un vrai billet! vingt thunes! cinq sigues ! cent francs, quoi !

Et cette opulence qu'il portait sur lui n'était rien encore auprès du luxe qui l'environnerait désormais chez lui! Là, devant l'âtre de sa chambre, un magnifique poêle Jumelot, nouvelle création de la Science et de l'Industrie modernes, ces fées toujours en travail; un poêle comme les Rothschild et les Rockefeller n'en ont pas dans leurs palais ! Un poêle, devant qui la cheminée Choubersky ne ferait que blanchir et la Salamandre rougir de dépit! un poêle Jumelot enfonçait ses tuyaux spéciaux dans sa plaque particulière. Combustion lente sans aucun danger! Economie! Calorique! La santé pour tout l'hiver! Albin Trudaine possédait cela dorénavant!

Après tant de décembres où il ne s'était dégourdi les doigts qu'à flamber des allumettes dans les cafés de camarades; et tant d'années entières où la seule pièce de monnaie qu'il eût eue en poche était une « Suisse assise » de quarante sous, qu'il n'avait jamais négociée, d'ailleurs, qu'il était bon d'être, tout à coup, un Crésus bien chauffé!

Il faut cependant tenter d'expliquer les miracles. Voici quelle était la genèse de celui-là.

Albert Trudaine, homme de lettres — si l'on peut dire qu'on est homme de lettres, quand on ne place sa littérature nulle part — avait un ami qui avait versé dans le commerce. Oscar Crapot s'était casé dans la maison Jumelot et Cie (poêles et fourneaux mobiles), et, ayant rencontré, au milieu

d'un embarras de voitures, Albin Trudaine, lui avait, à brûle-pourpoint, lancé la proposition suivante :

— Fabrique-moi donc, sur les poêles Jumelot, un article, non signé naturellement, qui passera dans-tous les journaux, à titre de réclame. Le patron veut tâter de la publicité; et il m'a demandé si je ne connaissais personne capable de faire mousser sa camelote. J'avoue que je n'avais pas pensé à toi; mais, puisque te voilà, tant mieux pour toi! On te paiera ça cent francs; et de plus, dès cet après-midi, on t'installera à domicile un joli Jumelot, tout neuf. Où perches-tu?

Albin Trudaine avait donné son adresse; puis non sans pudeur :

— Est-ce que tu ne pourrais pas me payer d'avance? avait-il imploré. Je suis dans un état d'impécuniosité momentanée qui...

— Je veux bien! avait généreusement répondu Oscar Crapot. Voilà ta galette! mais pas de blague! Je viendrai demain matin chercher ton papier!

Et c'est ainsi qu'Albin Trudaine, qui, dans la journée, avait pu, en effet, allumer son poêle, tout nouveau, tout beau, avec de l'anthracite obligeamment prêté par sa concierge, se jugeait, pour l'instant, le plus fortuné des hommes! Le sage, au reste, ne doit-il pas se contenter de peu?

Il commença, sitôt après avoir réglé sa lampe à pétrole, humble compagne des travailleurs de l'encre, par sortir, déplier et étaler bien en vue, sur sa table, ce merveilleux billet bleu dont la présence allait donner des ailes à sa plume! « En général, songea-t-il, ce sont les ailes qui ont des plumes! » Et sa gaîté s'accrut, car il se concéda de l'esprit, pour ce mot. Et, tout de suite, il se jeta en plein cœur de son sujet.

« *Le poêle Jumelot* », affirma-t-il, « *est le dernier cri du progrès, la quintessence de la perfection; c'est l'idéal réalisé!* »

Et il continua, penché sur son papier, à déverser le lyrisme éperdu dont son âme était pleine.

Cependant, sans bruit, sans odeur,

sans éclat, le poêle Jumelot, chargé par une concierge sans compétence et nullement surveillé par un possesseur

inexpérimenté; mal clos sans doute, ou équipé à faux dans la cheminée, épandait autour de lui, peu à peu, une fuite continue d'oxyde de carbone... L'heure passait. Albin Trudaine, de plus en plus enthousiaste, écrivait toujours. Mais tout à coup au moment où il venait de mettre le point final à cette phrase de conclusion :

> Bref! avec le poêle Jumelot, aucun danger à craindre, aucun inconvénient à redouter. Ni la migraine trop souvent occasionnée par les vapeurs des appareils similaires; ni l'asphyxie, surtout, dont nos concurrents ont eu trop souvent la terrible responsabilité. Le poêle Jumelot, c'est la sécurité même; et, pour employer le titre d'une pièce classique, c'est véritablement : *La Paix chez soi!!*

sa lampe grésilla, s'éteignit, comme soufflée; et lui-même tomba de tout son long de sa chaise sur le parquet; il n'eut même pas le temps de sentir ses tempes se serrer et sa bouche s'ouvrir pour chercher de l'air respirable. Il mourut, le pauvre Albin Trudaine, tout net et en deux secondes, comme foudroyé!

Le lendemain matin, à neuf heures, Oscar Crapot, qui venait chercher son article, frappa en vain à l'huis. Redescendu chez la portière, celle-ci lui dit :

— Oh! bien! c'est qu'il dort! Vous savez, il ne se lève pas de bonne heure; il rentre si tard!

Et elle lui donna une seconde clef qu'elle avait. Oscar Crapot remonta les cinq étages, ouvrit, entra et trouva le cadavre allongé sous la table. Le poêle Jumelot s'était éteint, à bout de combustible, son œuvre faite.

Oscar Crapot n'était pas un homme à « se frapper! » Ayant donné de l'air, pour ses propres poumons, il avisa sur le buvard la *copie* d'Albin Trudaine et le billet de cent francs appuyé au pied de la lampe.

Il lut la *copie* et, l'ayant jugée idoine à sa destination, la plia avec soin et la mit dans sa poche, en disant :

— Elle fera son petit effet, tout de même. Le patron sera enchanté!

Quant au billet de cent francs, il l'inséra dans son porte-monnaie, froidement :

— Le pauvre bougre n'en a vraiment plus besoin! raisonna-t-il. Et il s'en fut à ses autres affaires.

L'article d'Albin Trudaine, inséré depuis, un peu partout, a fait vendre énormément de poêles Jumelot. Il était, paraît-il, remarquable dans son genre.

Une bonne blague

— Ah! non! f...! je ne suis pas de l'avis du Christ, à ce sujet-là! Et pourtant, n... de D...! je suis bon chrétien et bon catholique! Mais tendre la joue gauche quand on a été giflé sur la joue droite, ça, par exemple, jamais! Et ce serait le pape, oui, le pape! qui se permettrait de me toucher la figure, je crois bien que je lui rentrerais dans le chou!

C'est le commandant Plumeroche, du 49e hussards, qui émettait ces mâles paroles.

Le juge colonial Cransec répliqua :

— Je suis bien de votre avis, commandant! Magistrat républicain, je me suis toujours connu libre penseur, et la religion ne m'apparaît pas comme une école d'énergie. Je tiens à mon avancement, autant que quiconque; mais je ne conseillerais pas au garde des sceaux lui-même de m'effleurer l'épiderme, fût-ce du bout des doigts!

M. Corozeau, l'un des deux directeurs des Grands Magasins du Carrousel, déclara :

— Je ne suis qu'un bourgeois, un commerçant, mais si jamais un homme levait la main sur moi, il aurait à l'instant même six balles dans le ventre! Car j'ai toujours mon revolver dans la poche arrière du pantalon.

— Il ferait beau voir, hurla M. Mitou, commissaire de police du 30e arrondissement, qu'un client, n'importe lequel, quand ce serait le préfet en personne, usât de voies de fait à mon encontre! Quel tabac! mes enfants! Qu'est-ce qu'il prendrait, le frère! La seule idée m'en fait cramoisir!

Ces quatre messieurs échangeaient ces quatre professions de foi martiales et belliqueuses dans l'une des salles de l'établissement de bains russes de la rue de Steinkerque. Tous quatre, alignés le long d'une cloison, étaient enfermés, clos et cachetés chacun dans une boîte, semblable à un cercueil dressé sur sa base, et d'où, seule, émergeait la tête. Les statues des dieux termes offrent assez cette apparence, avec leur longue gaine quadrangulaire, d'où sortent uniquement, là-haut, le cou et le visage. Les chiens qu'on épuce connaissent aussi cette sorte de caisse où l'on sature leur corps des vapeurs du soufre, tandis que, désastreuse et effarée, leur pauvre physionomie de guillotinés dans la lunette ferait pleurer de vraies larmes aux crocodiles!

MM. Plumeroche, Cransec, Corozeau et Mitou suivaient, eux aussi, un traitement sulfureux.

— En 1894, poursuivit le commandant, j'habitais Pontivy. J'étais lieutenant, et je crus être trompé par ma maîtresse, une petite modiste aux tendres façons, pour un certain godelureau, de ceux dont la mine cavalière s'accom-

— Vous le tuâtes? s'informa M. Cransec.

— Comme vous dites!

— Oui, oui! c'est ça! c'est dans *Ruy Blas*, de Victor Hugo, que j'ai déjà lu cette histoire-là! s'écria tout à coup M. Corozeau enchanté de l'excellence de sa mémoire.

— L'histoire se recommence, monsieur! affirma sèchement le commandant.

mode assez bien du nœud volontairement négligent d'une lavallière en soie. Je le tuai!

— Il me semble, dit d'une voix douce M. Corozeau, que j'ai déjà lu cela quelque part.

— En 1900, continua M. Plumeroche, à Paris, où j'étais capitaine, détaché au ministère de la Guerre, j'avais des bontés pour une chanteuse légère de Ba-ta-clan. Un soir, je crus surprendre entre elle et un de ses camarades, un cabot qui jouait un rôle dans la revue, une familiarité qui ne laissa pas que de me déplaire. Et ce cabot...

— Moi! commença alors M. Cransec, j'étais, il y a environ cinq ans, président du tribunal à Kamboutchi, et j'avais reçu avis qu'on allait m'amener à condamner, — je dis bien : à condamner, pas : à juger — trois pirates indigènes dangereux, capturés depuis la veille. A l'audience, en effet, comparaissent trois grands diables de nègres qu'en moins de temps qu'il ne faut pour vous le raconter, j'envoie au peloton d'exécution, qui les fusille sur-le-champ. Mais il paraît qu'il y avait eu erreur. Ces trois-là étaient des plaideurs au civil, parfaitement soumis, et nullement en faute. Qu'est-ce que vous voulez? ces gens-là parlent un charabia incompréhensible; les interprètes, la plupart du temps, sont en congé; et je n'ai jamais pu apprendre le noir.

« Ce n'est que le lendemain que les vrais pirates me furent amenés. Alors, je les ai fait fusiller aussi. Il faut que la justice soit égale pour tous. Ni deux poids, ni deux mesures!

— Le fait est, professa M. Mitou, que, s'il fallait se laisser aller à la sentimentalité, plus rien de la société n'existerait plus. Moi! je vous fiche mon billet que, dans mon commissariat, je n'ai besoin de personne pour ramener les gens à la raison; et qu'un jour de manifestation, par exemple, si mes agents y mettent de la mollesse, c'est moi qui leur montre comment on donne un coup de pied bas ou un coup de poing sous le menton pour couper la langue au gueulard avec ses propres dents!

M. Corozeau, très suave, susurra :

— Il m'arrive quelquefois d'avoir un caprice pour une des vendeuses mariées de mon magasin. Je ne parle pas de celles qui ne sont pas mariées, naturellement. Celles-là, c'est trop simple. Mais, pour celles qui sont mariées, je...

A ce moment, il se produisit, dans la pièce de l'établissement de bains russes, un événement extraordinaire.

Qu'on veuille bien se rappeler que ces quatre messieurs, MM. Plumeroche, Cransec, Corozeau et Mitou, conversaient de la façon qu'on vient d'entendre, chacun dans son étui, hermétique et solide comme une camisole de force en bois, leurs têtes seules à l'air.

Or, à l'instant précis où M. Corozeau ne finissait pas sa phrase commencée — et pour cause! — un jeune homme bien fait, qui, sans doute, attendait son tour dans le vestibule, et peut-être — qui sait? — avait entendu tous ces propos, entra tout à coup dans la salle, souffleta, à droite, puis à gauche, la figure ahurie de M. Corozeau, puis celle de M. Mitou, puis celle de M. Plumeroche, puis celle, enfin, de M. Cransec.

Clic! clac! clic! clac! clic! clac! clic! clac! quatre fois! Ce fut précis, élégant et net. Après quoi, retourné au seuil de la porte, il salua, dit froidement :

— Maintenant, j'attends vos témoins.

Et il sortit, disparut, n'exista plus, ombre évanouie.

Les quatre *giflés*, plus rouges que pivoines et tomates ensemble, ruaient, dans leurs boîtes dont ils martelaient en même temps des poings les parois.

— J'aurai sa peau! vociféra le commandant Plumeroche.

Mais M. Mitou, commissaire de police et homme de sens, rétorqua :

— Vous aurez « la peau! » Il n'a laissé ni sa carte, ni son nom, ni son adresse! Il la connaît!

Il ajouta, mélancolique :

— Et cela prouve qu'il n'y a pas que des placements à fonds perdus. Il y a aussi des encaissements!...

Décorée !

La gare était grande et la femme était petite et cependant, à peine dans le hall, au débarqué de son train de Saint-Germain, Oscar se heurta à Antoinette, ou plutôt peut-être fut-ce Antoinette qui cogna Oscar d'un coude pointu. Elle lui avait fait mal : il s'ex-

cusa. Il la regarda : elle sourit. Et tous deux s'en furent bras dessus bras dessous; on se marie si facilement à Paris !

Oscar Fraisier n'était fichtre pas le premier venu. Il était, quoique à la fleur de l'âge, — quarante-cinq ans ! — député de la Marne-Inférieure, membre de la commission des retraites patronales et auteur d'un projet de loi pour la transformation, dans la cavalerie, des seringues à cocotte en irrigateurs Eguisier. Quant à Antoinette, mon Dieu ! c'était Antoinette de la gare Saint-Lazare, une petite femme brune et accueillante et qui certainement eût été notoire s'il suffisait d'être connue par tout le monde pour être célèbre.

Oscar revenait de Saint-Germain où il avait dîné chez son ami et collègue Croutard, l'ancien ministre, le richissime socialiste unifié. Comme à la table de cet apôtre qui n'est point un ascète, les vins sont de choix et la chère excellente, Oscar avait des papillons bleus plein la tête, et, comme disait une de mes bonnes camarades, tous les jolis oiseaux du ciel chantaient dans son cœur. Au vrai, il était saoul comme un cochon et, — corollaire ! — tendre comme un agneau. C'est pourquoi Antoinette l'emmena chez elle, rue de Provence, au troisième sur la cour, avec la même facilité qu'un pêcheur, un goujon, dans son panier.

Dans le panier d'Antoinette, — un lit, c'est un panier pour les personnes qui ne dédaignent pas de parler l'argot, — Oscar se conduisit fort galamment; car nos honorables sont, en somme, la petite monnaie d'un roi de France, et le souvenir de Henri IV oblige. Les choses ne commencèrent à se gâter, vers les deux heures du matin, qu'au moment des adieux.

Comme Oscar, après un dernier baiser sur la nuque d'Antoinette, se disposait à prendre congé, Antoinette, vêtue uniquement de sa pudeur que recouvrait assez mal sa chemise, se mit en travers de la porte, et déclara :

— Non, mais des fois! penses-tu que ça te réussisse? tu ne m'as pas regardée ?

— Mais si! — protesta Oscar; — qu'est-ce que tu veux donc ?

— Un louis.

— Un louis ?

— Un louis ! C'est encore pas toi qui te paieras ma tête, mon vieux.

Mais Oscar était fort de son mandat parlementaire et de sa cuite personnelle. Il sortit de sa poche un bout d'étoffe tricolore, et très digne, il dit :

— Tu m'embêtes ! je suis député. Voilà mon écharpe! J'ai droit à la gratuité partout! Je n'ai jamais payé nulle part ni personne. Je ne sais pas pourquoi je commencerais ici par toi !

— C'est comme ça ?

— C'est comme ça ! Maintenant, si tu veux les palmes pour le 14 juillet, je peux te les faire avoir. Je suis intime avec le chef de cabinet de l'Instruction publique. Intime ! Les deux doigts de la main. Ça sera gentil, les palmes, sur ton nichon gauche !

— Tu ne veux pas me donner un louis ? une fois ? deux fois ?

— Rien du tout ! Les palmes, si tu veux ! Je suis député, je te dis. Tout à l'œil ! Voilà mon écharpe !

— Eh bien ! c'est bon ! comme tu as

été assez poire pour déposer ta toquante en or sur ma table de nuit, je la garde; je suis payée! Et maintenant, bon vent! tu peux disposer; je me recouche!

Oscar fouilla son gousset. Sa montre, en effet, y brillait par son absence. Quoique fort ivre, il gardait l'instinct de la propriété. Il jeta un coup d'œil sur la table de nuit. La montre n'y

était plus. Alors il entra en fureur et cria :

— Où est ma montre?

— L'heure est perdue, la bête la cherche! répondit Antoinette avec désinvolture; et elle s'accagnarda dans ses draps, indifférente désormais aux contingences.

Oscar, dans la chambre, — peu compliquée : une toilette, une armoire à glace, un guéridon, deux chaises, — quêtait et scrutait partout, penché, à genoux, à plat ventre, il releva même un mauvais coin de carpette pour regarder dessous ; Rien!

— Tu n'es pas encore parti? s'enquit Antoinette.

— Je vous préviens, articula Oscar, que je vais descendre chercher les agents! Et quand ils sauront qui je suis, je ne vous vois pas blanche, je vous prie de le croire. Je suis le Pouvoir, moi!

— Ah la la! le Pouvoir! la Purée, oui! As-tu fini? N'essaie donc pas de me la faire à l'influence! T'es député comme je suis rosière!

Oscar était dégrisé un peu par le désastre de son chronomètre dérobé, mais il était encore assez en déséquilibre pour que sa vanité se cabrât devant ce scepticisme insolent. Et il se mit à hurler :

— Je ne suis pas député? Moi? Tiens! tiens! tiens!

Et il tira de sa jaquette des tas d'enveloppes à son nom et du papier à entête de la Chambre ; et sa médaille de représentant du peuple qui roula sur le parquet; son écharpe pendait de la poche de son pantalon. Il était grotesque, mais irréfutable ! Et Antoinette réfléchit et raisonna : en somme, c'était vraiment un député, ce panné-là ! un de ces bonshommes qui peuvent tout ! et qui vous feraient boucler à Lago en cinq sec ! Des monarques, quoi ! Antoinette atteignit sous son oreiller la montre d'Oscar et dit, en la lui tendant :

— Ecoute ! c'est idiot de se chamailler pour n'aboutir à rien ! Tu n'as pas d'argent ? tu n'as pas d'argent ! c'est tant pis pour moi : je n'avais qu'à mieux choisir ! Voilà ta toquante; tu vois que je suis bonne fille !

Oscar rentré en possession de son bien et assuré dorénavant de n'avoir rien à débourser, se sentait plein de magnanimité, Antoinette poursuivit :

— Seulement, puisque tu m'as promis les palmes, donne-les-moi ! Pas de lapin ? Qu'est-ce que tu risques ? Ça ne te coûtera pas un pétard ! Et ça me fera bien voir de la patronne de l'hôtel !

Oscar Fraisier, député de la Marne-Inférieure, n'est pas un mauvais homme quoiqu'un peu bien près de ses pièces. Il inscrivit avec soin sur son carnet le nom de cette « connaissance » rapide qui avait su lui procurer successivement un bon moment et un fichu quart d'heure.

Et c'est pourquoi, lors de la promotion violette qui suivit, on put remarquer, parmi les nouveaux officiers d'académie :

Mlle *Antoinette Chipot, à Paris, artiste lyrique.*

Pourquoi « lyrique ? »

Ce conte est de l'histoire.

Erreur est compte

— Pour sûr! qu'il ne faut jamais croire à ce que racontent ces cochons d'hommes! C'est, tous, des batteurs, des fumistes, des monteurs de coups!

Y a jamais un mot de vrai dans leurs boniments! J'en ai eu la preuve, pas plus tard qu'hier!

Et comme quelques sourires passaient sur les bouches rougies au raisin des habituées du « Persils-Bar », Eliane de Liane poursuivit avec amertume :

— Vous pouvez rigoler! Ça n'est pas rigolo du tout, quand c'est à vous que ça arrive! Figurez-vous qu'il y a trois jours, je monte voir, boulevard Rochechouart, mon amie Suzanne; vous savez bien : Suzanne! la grande brune qui venait ici, dans le temps, et qu'on appelait Suçon-la-Pompe-à-Pierre, parce que justement elle commençait à se coller avec Pierre Lhôstier, le peintre? Alors, n'est-ce pas, j'arrive à l'atelier, puisqu'ils habitent ensemble maintenant. Mais voilà que Suzanne n'était pas là; et qu'il n'y avait que son type, Lhôstier, quoi! Moi, je voulais m'en aller tout de suite; mais lui, il se met à me faire du plat; et comment! Avec des mots gentils, avec les mains, avec tout! « C'est pour l'Art! » qu'il me disait. « Vous devez avoir un joli petit ventre! Et précisément, pour ma figure du Salon, c'est un ventre qui me manque! J'ai dégoté des bras, une tête, des jambes, des seins, mais j'ai besoin d'un ventre! Et je suis sûr que vous l'avez, vous! Ce ventre! Ce joli petit ventre qu'il me faut! » Et je vous fiche mon billet qu'il faisait tout ce qui est permis et défendu pour se rendre compte de la chose. Moi, j'étais flattée, naturellement! Car, avec ça, c'est un beau garçon, un costaud avec des manières douces et qui sait parler aux femmes !... Mais je ne marchais pas, parce que j'avais mon idée, une idée qui me tarabustait !

« Alors, je me dégage comme je peux, et je lui crie, en repiquant mon chapeau qu'il avait tout chahuté :

« — Eh bien ! Et si votre dame rentrait ?...

« — Suzanne ? qu'il me répond.

à demain ? A demain, sans blague ? Pas de lapin, mon petit lapin ? »

« Il m'ouvre la porte et je me trotte. Bien sûr que je n'avais pas envie de lui poser un lapin ? Ce n'est pas mon genre. Le lendemain donc, samedi, je rapplique boulevard Rochechouart ; et comme de juste, il n'est plus question de séance de pose, de figure du Salon ni d'autres balançoires ! On se pagnotte tout bonnement, nous deux, do-

« Elle est au Perreux, chez sa mère, jusqu'à dimanche ! »

C'était vendredi. Je lui demande :

« — Alors, elle ne sera pas là, demain, non plus ?

— Probable !

« — Eh bien ! Je reviendrai demain ! Pour tout ce que vous voudrez ! Mais aujourd'hui, il n'y a rien de fait. Laissez-moi m'en aller tranquillement. J'ai mes raisons, comprenez-vous ?... »

Je ne sais pas ce qu'il avait compris, mais il avait compris quelque chose. Il me fait :

« — Ah, bien ! bon ! si c'est ça ? Mais,

do si-site ! et je peux dire que de une heure de l'après-midi jusqu'à l'apéritif, je ne me suis pas embêtée une minute !

— Après toi, *l'Amusant* ? interjeta une de ces dames.

Mais Eliane de Liane était toute à son récit.

Elle poursuivit :

— Seulement, voilà ! Hier, qui était donc dimanche, à midi, comme je roupillais encore à coins fermés, on sonne chez moi. Ma femme de ménage — qui est une gourdée ! — déboucle la lourde, et qui est-ce que je vois entrer dans ma chambre ? Suzanne ! mon amie Suzanne! la Pompe-à-Pierre, le collage à Lhôsthier, enfin! furieuse, en cheveux, les yeux pas faits! une horreur! Et elle me hurle en me mettant l'objet sous le nez :

« — Tu ne diras pas que ce n'est pas à toi, cette bague-là, chameau? »

« C'était un saphir entouré de petits brillants dont elle m'avait fait cadeau elle-même. Elle la connaissait donc bien, et je ne pouvais pas ne pas la reconnaître.

« — Je l'ai trouvée dans le lit de Pierre, ce matin? Elle n'y est pas venue toute seule, peut-être!... »

« Et là dessus, ah! mes enfants! Vous savez si elle est forte, la mâtine. Elle m'a fichu une raclée! Et pan! Et pan! Je me cachais la figure comme j'ai pu! Mais qu'est-ce que j'ai pris? Il a fallu que ma femme de ménage l'arrache d'auprès de mon pieu. Non, mais quelle purge!

Eliane de Liane se passa douloureusement les mains sur ses reins qu'elle avait dodus et reprit :

— En somme, ce n'est pas à elle que j'en veux. J'ai attigé sa cabane; elle s'est rebiffée; elle a bien fait; c'était son droit! Non! celui à qui je garde un chat de ma chatte, c'est le cochon d'homme, comme je disais tout à l'heure, qui m'a emmenée en bateau avec son vanne à la manque! C'est lui qui est cause de tout! Oui! un sale panné, mon premier amant, un cabot de Moncey qui me répétait tout le temps : « Ne donne un baiser, ma belle, que la bague au doigt! » Moi, je n'y faisais pas trop attention, mais voilà qu'un soir, il m'emmène à l'Opéra, avec des billets naturellement! et que, sur le plateau, une espèce de diable se met à chanter, lui aussi :

Ne donne un baiser, ma belle!
Que la bague au doigt.

« — Tu vois, — que me fait mon type; — il ne te l'envoie pas dire non plus, Méphisto! ».

Alors moi, depuis, j'avais toujours cru que quand on prévoyait qu'on allait y aller du grand jeu avec quelqu'un, il fallait toujours avoir ses bagues ! Le vendredi, chez Lhôstier, je n'avais pas les miennes, et c'est pour ça que je n'ai rien voulu savoir! Le samedi, je les avais toutes mises, parce que je pressentais bien que... parfaitement!... Et c'est tout le contraire que j'aurais dû faire, puisque, comme une tourte, j'ai perdu mon saphir dans les draps. Et dire que je croyais à ça comme à la croix de ma mère!... Ah! non! n'importe quel homme peut venir maintenant me dégoiser n'importe quoi! Je ne croirai plus rien! rien! rien!

A ce moment, un jeune homme bien fait qui avait écouté, sans broncher, le récit d'Eliane, s'approcha d'elle et lui dit :

— Mais vraiment, Mademoiselle, vous contez avec infiniment d'esprit, et vous semblez tellement intelligente!...

— Oh! je sais bien que je ne suis pas bête!... minauda Eliane en rougissant de plaisir.

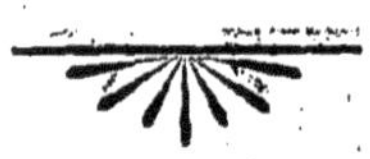

Pour une carte d'entrée

Du jour où M. le conseiller Murier des Voisins eut été désigné pour présider les débats de la fameuse affaire Shandhail, sa vie fut complètement gâchée. Du matin au soir, et parfois dans la nuit, le timbre de sa porte

d'entrée ne cessa plus de résonner; outre que le téléphone — installé dans l'appartement — ne se lassait pas de l'appeler, et que des embuscades, par surcroît, lui étaient tendues, dans la rue, par des gens, mâles ou femelles, désireux de le rencontrer. Et je ne parle pas du courrier! Un raz de marée de lettres et de dépêches à engloutir la paix, le repos et la tranquillité d'un citoyen, fût-il juge!

Tout cela, naturellement, à cause des cartes d'entrée aux audiences dont il disposait. Amis, ennemis, inconnus, tout le monde en voulait. Ah! c'était une cause bien parisienne! M. le conseiller Murier des Voisins faillit, les premiers huit jours, en perdre la raison. Le neuvième, il prit une détermination virile.

On était aux derniers jours de septembre. Le temps était assez clément. Le soleil d'automne semblait visiblement attendre, pour prendre sa retraite hivernale, la fin des vacations et l'ouverture de la session judiciaire. Bref! le séjour à la campagne était encore supportable, et le magistrat se souvint, fort à propos, qu'il possédait aux environs de Juvisy, sur le bord de la Seine, une petite villa, vide-bouteilles et rendez-vous de pêche, où il serait, s'il pouvait éviter les indiscrétions, tout à fait à l'abri des sollicitations du monde entier.

Un soir, donc, il prépara prestement sa valise, et sans prévenir personne, pas même son concierge, il fila vers ce havre de grâce où il savait devoir trouver un joli assortiment de lignes, hameçons, plumes et scions, et son bateau qu'il aurait vite fait d'amarrer entre ses deux perches. Car il était chevalier de la gaule et, tout comme feu Waldeck-Rousseau, adorait taquiner le goujon et ferrer la brême.

Et c'est pourquoi, cet après-midi — voici déjà à peu près une quinzaine qu'il était au vert, et au ver! — il venait, l'esprit paisible, le teint frais et le cœur à l'aise, de s'installer dans sa barque, au beau milieu du fleuve. Il y a, à cet endroit, un coude et un tourbillon, où le gardon abonde et où on prend des kilos de brochet, au vif, avec un peu de chance et de patience.

M. le conseiller Murier des Voisins était un bel homme de cinquante-cinq ans, aux cheveux grisonnants, mais à la moustache encore noire; corpulent juste assez pour avoir du poids sans être pesant et de la majesté sans paraître obèse. Coiffé d'un chapeau de paille de tout repos et vêtu d'un complet veston vétuste, dénué de toute prétention, il avait ouvert sa boîte à asticots et d'un index précautionneux, remuant le grouillement fourmillant de ces nauséabonds animalcules, il allait en choisir un pour amorcer, quand il ressentit tout à coup une de ces émotions qui comptent dans la vie d'un homme et même d'un président d'assises.

Le fond de son bateau cédait sous ses pieds. Et il ne lui fallut pas une seconde pour comprendre qu'il était, lui, M. Murier des Voisins, victime d'une manœuvre criminelle. En effet, le plancher avait été proprement scié, en largeur et en longueur, sur une surface d'environ soixante-quinze centimètres carrés; en sorte que ce bachot rappelait à s'y méprendre, les célèbres gabares à soupapes employées jadis à Nantes par le proconsul Carrier pour ses noyades en Loire.

M. Murier des Voisins ne savait pas nager. Et il n'y avait pas à dire mon bel ami : l'eau entrait déjà. Dans dix minutes au plus, tout ficherait le camp, et par cette ouverture béante, la Seine entière pénétrerait dans l'embarcation. Pas moyen de regagner la berge, et, à cet endroit, on compte six mètres de fond, sans oublier le tourbillon déjà signalé, et le courant qui est très dur.

M. Murier des Voisins, sans fausse honte, se mit à pousser des cris perçants et à appeler au secours de toute sa belle voix. Mais le paysage, alentour, semblait parfaitement désert.

A ce moment, pourtant — ô joie! ô joie! pleurs de joie! — une yole se détacha de la rive gauche et, lestement menée par une jolie paire d'avirons, se dirigea vers le lieu du sinistre. C'était une dame qui ramait. Une dame couverte d'un grand paillasson cabossé et dont on ne distinguait pas encore les traits. Mais, eût-elle été plus laide que les sept péchés capitaux, que M. Murier des Voisins l'aurait pourtant trouvée charmante et, qu'à son avis, le seul défaut de cette princesse était d'être encore trop lointaine!

Il commençait d'ailleurs, à être temps, car l'eau était peu à peu montée jusqu'à la hauteur du banc, et le naufragé trempait déjà jusqu'aux genoux dans l'élément perfide.

Cependant, la yole arrivait. Mais, à deux mètres, elle s'arrêta. La dame, une blonde grasse à la figure épanouie, semblait ne point vouloir pousser plus loin.

M. Murier des Voisins lui cria, avec âme :

— Ah ! madame ! vous me sauvez la vie !

La canotière qui avait stoppé, décidément, répondit :

— Monsieur, je ne sais pas encore.

Et comme l'angoisse, en même temps que la stupeur, se peignaient sur la physionomie du pêcheur en péril, elle s'enquit avec calme :

— Vous êtes bien monsieur le conseiller à la cour Murier des Voisins?

— Oui, madame! mais...

— Moi, je suis la comtesse de Maisonfort.

— Parfaitement! madame, mais... bredouilla l'infortuné. Il avait maintenant le ventre submergé et se tenait des deux mains aux plats-bords. Des vaguettes couraient tout autour de lui avec un frisselis sinistre et l'épave s'enfonçait à vue d'œil.

— Et, poursuivit la dame avec un flegme impitoyable, je vous ai écrit deux fois pour avoir une carte d'entrée aux audiences du procès Shandhail. Vous ne m'avez même pas répondu.

— Si ce n'est que cela, vous l'avez, votre carte! affirma M. Murier des Voisins.

— Avez-vous une parole d'honneur? insista Mme de Maisonfort.

— Oui, madame! mais... je coule!

— Eh bien! — en deux coups d'aviron elle avait porté la yole à dix centimètres du bachot sombrant — donnez-moi votre parole d'honneur que tout à l'heure, chez moi, où vous allez me faire le plaisir de venir dîner, vous me délivrerez cette carte d'entrée!

— C'est juré! haleta M. Murier des Voisins.

Et, non sans peine, aidé par sa robuste sauveteuse, il enjamba le bordage de la yole.

— Je suis votre voisine, expliqua la comtesse en regagnant la berge. J'habite la villa que vous voyez là, et je suis dans le pays depuis que vous y êtes, monsieur le président!

M. Murier des Voisins, après avoir changé d'habit, dîna fort congrûment chez Mme de Maisonfort, et, fidèle à la foi du traité, lui octroya la carte tant convoitée. Il eut bien le vague soupçon que c'était cette adroite personne qui avait fait avarier le bateau présidentiel pour en arriver à ses fins, mais comme, en ce cas, il eût eu quelques raisons d'être honteux comme un renard qu'une poule aurait pris, il n'ouvrit aucune enquête à ce sujet.

Et Mme de Maisonfort assista au procès Shandhail depuis la lecture de l'acte d'accusation jusqu'au verdict.

Elle avait bien gagné cette joie pure!

Le tarif de Monseigneur

Dans la cage étroite du confessionnal de la petite église de village, l'abbé Benoîton eut un brusque sursaut.

— Que dites-vous, mon fils?... que dites-vous que vous avez fait, en compagnie de cette... de cette demoiselle de Montmartre? Je ne comprends... je ne comprends pas bien!

Le pénitent, l'héritier du châtelain local, un élève des bons Pères, sans doute, mais aussi un étudiant en droit qui suivait les cours à Paris, cette Babylone pernicieuse, répéta à voix basse, bien qu'à mots précis, la confidence qui avait tant estomaqué l'abbé Benoîton.

Celui-ci, à cette seconde audition du fait litigieux, se sentit devenir rouge vif dans l'ombre noire. Il se signa, à trois reprises, frénétiquement, se couvrant lui-même du simulacre de la croix pour chasser le Démon qui, certainement, rôdait aux alentours. « *Vade retro, vade retro!* » marmotta-t-il. Et il se sentait la pensée en dérive. Grand Dieu! se peut-il que le Péché prenne des formes si étranges! Assurément, la chair est faible, la chasteté n'est pas dévolue à tous; la luxure est un piège sans cesse tendu sous nos pas; et l'amour de la créature entraîne à des actes qui offensent le Créateur! Mais cela! cela! Jamais l'abbé n'avait pensé que de telles pratiques fussent possibles! Il n'en était point question dans le *Compendium*, ou alors il avait mal lu ce manuel où sont pourtant prévues toutes les perversités humaines! Que dire à ce coupable, à cet inconcevable débauché? Malheureux enfant! Pauvre âme en péril! Et quelle expiation imposer? Comment, surtout, absoudre avant exorcisme? Car à n'en point douter, il y avait là possession diabolique, empreinte de satanisme, accoutumance aux jeux de l'Enfer!

Le jeune homme, cependant, sans soupçonner le moins du monde l'effarement sans nom dont s'emplissait la conscience candide du brave desservant, avait bien sagement récité son acte de contrition et attendait les paroles sacramentelles qui le rachèteraient de ses erreurs passées. Mais ces paroles ne vinrent pas; l'abbé Benoîton finit par dire, très ému :

— Écoutez, mon fils; il y a, dans votre confession, l'aveu d'une faute si grave!... si inouïe! si... incompréhensible pour moi que je ne puis assumer la responsabilité de vous réconcilier avec Dieu, avant d'avoir pris conseil de mes supérieurs. Car je ne sais, en vérité, que vous donner comme pénitence! Je ne le sais pas, mon fils. Revenez demain à pareille heure : j'aurai vu monseigneur l'évêque qui m'aura dicté mon devoir et éclairé ma religion!

L'élève des bons Pères, ahuri, s'en fut donc, Gros Jean comme devant, nullement lavé de ses turpitudes; mais l'étudiant en droit qu'il portait en lui le consola assez aisément de cette faillite de la Grâce.

Quant à l'abbé Benoîton, le lendemain, dès l'aube, il mit ses plus beaux souliers à boucles, endossa sa meilleure douillette et prit le train pour le chef-lieu du diocèse.

Ce trajet lui fut un calvaire. Dans son compartiment de troisième, il se trouva avoir pour vis-à-vis une paysanne qui allait vendre des œufs au marché de la ville. C'était une grosse gaillarde, mafflue et rebondie, aux yeux ronds de volaille et bavarde comme une agace. Jamais l'abbé Benoîton n'avait fait attention aux femmes. Il n'en aimait ni n'en détestait l'approche. Les femmes, c'étaient des gens comme tout le monde, autrement vêtus que les hommes, et voilà tout. Mais aujourd'hui, après ce qu'il avait appris d'elles, une sorte d'horreur épouvantée lui glaçait l'épiderme. Ève lui apparaissait bien, désormais, comme la fauteuse de perdition, maudite par les Saints Livres, et, pour la première fois de sa vie, il perçut la misogynie de l'Ancien Testament.

Or, la rustaude aux paniers d'œufs prétendit entamer la conversation avec lui. Il se réfugia dans son bréviaire, mais ce voisinage de la « bête impure » le tortura jusqu'à la nausée.

Sitôt descendu de wagon, il se hâta vers l'évêché, où, par miracle, il fut reçu presque immédiatement par Monseigneur.

Monseigneur était en train d'écrire un mandement. De sa longue main, fine et pâle, et qui avait l'air de s'admirer elle-même, il calligraphiait avec soin sur une large feuille de papier ministre, les mots onctueux de sa prose épiscopale.

Quand l'abbé Benoîton entra, timide et roulant dans ses gros doigts son grand chapeau, Monseigneur posa son porte-plume sur son bureau, désigna un

fauteuil, d'un signe de tête tout ensemble affable et majestueux, et s'enquit :

— Qu'y a-t-il pour votre service, mon cher curé?

— Voici, Monseigneur! — balbutia l'abbé Benoîton. Et, après un énorme soupir, il prit son élan et commença son explication. Certes! ce ne lui fut pas facile! Les pivoines les plus écarlates le sont moins que ne le devinrent ses joues quand il dut exposer cette chose! C'était, pour lui, l'inexprimable! et sa voix se cabrait dans sa bouche, à chaque phrase. Enfin, quand il eut terminé, il s'arrêta, tout haletant, et s'épongea le front de son vieux mouchoir à carreaux, plus harassé, à coup sûr, et plus trempé que s'il eût gravi une côte à pic sous un soleil de canicule.

Monseigneur sourit. Il demanda :

— Quel âge a le jeune homme?

— Dix-huit ans, Monseigneur! Dix-huit ans! et déjà si près de la damnation éternelle!

— Mais non, mais non! mon cher curé; — l'apaisa Monseigneur; — n'exagérons rien, pas même le scrupule! A tout péché miséricorde. La clémence du Très-Haut est sans bornes!

— Mais enfin, Monseigneur! — s'effara le pauvre abbé qui perdait pied décidément — quelle pénitence dois-je prescrire à ce malheureux? Qu'est-ce qu'il faut donner?

Et là-dessus, il partit dans un discours éperdu, arguant de son incertitude et de ses craintes de mal rendre la justice divine. Monseigneur avait repris son porte-plume et, au fond de lui-même, il souhaitait vivement que son subordonné se tût et s'en allât.

Et comme cette phrase, *leit-motiv* humble et angoissé, revenait frapper son oreille :

— Qu'est-ce qu'il faut donner, Monseigneur?

Monseigneur, l'esprit ailleurs, préoccupé d'une période harmonieuse qui justement s'arrangeait, en ce moment, dans sa tête, sachant cependant de quoi il s'agissait et ramené subconsciemment à l'idée qui l'avait fait sourire tout à l'heure, considéra l'abbé Benoîton d'un regard vague et répondit, probablement sans trop s'entendre :

— Moi, je donne dix francs!

Souvenirs sans regrets

A Hugues Delorme.

Ah ! certes, non ! il ne la regrettait pas la garce ! Elle lui avait suffisamment empoisonné cinq ans de sa vie, pour qu'il se fît à présent, chaque fois qu'il y songeait, l'effet d'un rescapé qui, après les affres d'un enterrement dans le fond ténébreux d'une mine écroulée, revoit la lumière du soleil et la splendeur du jour !

Ainsi ratiocinait, sur le boulevard, un cigare au bec et la canne à la main, justement par un joli matin de printemps gai, sous le duvet léger des jeunes feuilles, au long des terrasses de cafés où les cuivres des tables reluisaient, comme frottés au tripoli céleste du renouveau, l'excellent Robert Mesnil, homme de lettres de son état et célibataire par destination.

Un ami rencontré tout à l'heure lui avait demandé :

— A propos ? Germaine ? tu ne la regrettes pas, depuis que tu l'as plaquée ?

Et c'est à cette question saugrenue qu'il continuait à se répondre à lui-même, tout en déambulant.

Cette Germaine ! Cinq ans durant elle avait été sa maîtresse, entrée dans son existence, il n'aurait trop su dire comment ; car, enfin, il ne l'avait jamais, même dans les premiers temps, désirée ni aimée ! C'était une grande femme sèche comme un coup de trique, aux yeux et aux cheveux d'encre, sans intelligence et sans éducation, plus jeune du tout et n'ayant probablement jamais été très jolie. Mais voilà : elle s'était installée chez lui, à la suite d'une rencontre banale ; ayant découvert — point n'était d'ailleurs besoin pour cela d'une perspicacité exagérée ! — qu'il était volé outrageusement par sa femme de ménage, elle avait démasqué cette créature ; puis, elle avait profité de son horreur de la solitude à l'heure des rentrées nocturnes ; chaque soir, elle s'était trouvée là, et l'habitude venant petit à petit,

> L'habitude est une étrangère
> Qui supplante en nous la raison !

a dit Sully Prudhomme, elle était demeurée et le « collage » s'était officialisé.

Oh ! ce n'avait pas été un paradis ! Le pauvre Robert, en se le rappelant, s'en ressentait encore des démangeaisons à l'âme ! Nulle, au lit, comme amoureuse ; poissarde, à peine debout, et l'injure aussi vite à la bouche que la fureur stupide dans le regard, cette « associée » lui eût fait une destinée abominable si, comme la plupart des gens de son métier, il n'avait pas toujours été à moitié dans les nuages et mis à l'abri des contingences par l'imperméable manteau de l'inattention.

Au reste, s'il l'avait prise, cette Germaine, pour une meilleure gérance de ses deniers et une plus judicieuse conduite de son intérieur, il s'était lourdement trompé. Car Germaine, une fois vrillée dans la place, se révéla la plus détestable intendante des finances qui ait jamais sévi sous le firmament! Dépensière sottement et vaniteuse comme une pintade, elle eût tôt fait d'attirer les huissiers par bandes et par troupes; si bien que l'infortuné Robert ne pouvait plus entendre sonner à la porte de son logement sans être pris de l'envie immédiate de se cacher sous sa table; car chaque coup de sonnette annonçait un créancier!

Brrr! Robert en frissonna de souvenir et s'aperçut que son cigare s'en était éteint.

Méchante avec cela, comme la gale et la rogne, ennemie de toutes les femmes et de tous les hommes, menteuse, malveillante et vipérine, elle avait fini par brouiller son amant avec l'univers, et à ne lui laisser pour relations que sa propre famille et quelques connaissances à elle, rebuts d'humanité pour la Centrale mûrs.

Elle avait fait plus joli encore : pour se procurer de l'argent, toujours de l'argent! — et Dieu sait que les littérateurs n'en forgent point! — elle s'était avisée de s'entendre avec le tailleur de Robert, une sorte de fripouille patentée, comme il s'en rencontre assez aisément. Robert réglait ce tailleur par billets à ordre qu'il soldait à l'échéance; ces billets, une fois payés et rentrés, il les mettait dans un tiroir et ne s'en occupait plus. Or, la suave Germaine avait imaginé ce truc de chiper ces papiers timbrés et de les rendre au faiseur d'habits, lequel les présentait à nouveau; en sorte qu'il touchait deux fois pour une ses valeurs; et le bénéfice de ce petit trafic était loyalement partagé entre le scrupuleux fournisseur et la dévouée compagne!

S'il regrettait Germaine? Robert Mesnil se tordit tout seul à cette pensée en constatant qu'il faisait vraiment beau aujourd'hui; qu'il n'avait plus un sou de dettes gênantes; qu'au contraire il sentait des louis dans son gousset; et qu'il allait précisément à cette heure et de ce pas déjeuner avec une petite personne veloutée dont la peau avait quelque chose du camélia, et la bouche, une ressemblance, pour le goût et le parfum, avec les fraises et les roses.

Enfin, n'est-ce pas? il n'est si mauvaise société qui ne se quitte. Robert avait eu l'énergie de décrocher son boulet. Il était parti simplement, un bel après-midi, nu comme un ver, si l'on peut dire, abandonnant à Germaine tous les meubles meublants, tapis, rideaux, tentures, objets d'art et instruments de musique qui garnissaient son pénitencier intime. Ses papiers mêmes et ses manuscrits — on en fait d'autres, la belle histoire ! — il avait tout laissé là, dans sa hâte de se donner de l'air et d'aller voir ailleurs s'il valait encore la peine de vivre!

Au fond, il ne sacrifiait pas grand'chose, en s'évadant sans bagages, car au point où Germaine en avait amené les affaires, la saisie et la vente du mobilier étaient imminentes et l'obligation d'aller dormir sous les ponts s'annonçait à l'horizon taché d'officiers ministériels !

Depuis, Robert savait que Germaine, plus heureuse que Diogène, avait trouvé un homme — et même plusieurs; conséquemment, nul remords sentimental ne troublait son allégresse de libéré.

S'il regrettait Germaine? Non! mais des fois!

Il venait de prononcer ces mots, tout haut, pour son édification personnelle, quand il eut tout à coup l'impression de l'arrêt brusque devant lui d'une passante, et, comme il relevait le menton pour se rendre compte de l'obstacle, il reconnut, debout, sous son nez, Germaine, elle même, en personne, *ipsissima!* coiffée d'un grand chapeau et corsagée d'une blouse en irlande. Comme on se rencontre!

L'air de la dame était furibond, comme de coutume; et elle dit d'un ton très acéré :

— Ah! ah! c'est toi? te voilà!

Robert, d'abord ahuri, se remit assez vite. Il souleva son chapeau avec une extrême politesse, et demanda :

— Pardon, madame, voudriez-vous avoir l'obligeance de me rappeler votre nom?

— Chameau! siffla Germaine, au comble de l'indignation.

— Je ne connais pas! déclara alors Robert avec simplicité. Et s'excusant d'un geste courtois de la main, il s'en fut.

Je vous demande pardon

Le Fumisme a été une école comme le romantisme en fut une en son temps, et le naturalisme et le symbolisme et tant d'autres choses en isme, enterrées,

depuis beaux jours. Les deux « fumistes » les plus illustres s'appelèrent Sapeck et Alphonse Allais. Ils ne sont plus, mais le Fumisme leur a survécu, alors que le romantisme, le naturalisme et le symbolisme sont morts avec Hugo, Zola et Mallarmé !

Car le Fumisme, la Fumisterie si l'on veut, qui est le *humbug* français, la blague en action, a un caractère de durée plus essentiel que n'importe quelle mode littéraire ; le goût de mystifier son prochain et de se payer son visage étant l'un de ceux que l'humanité conservera toujours et que la charité chrétienne elle-même a été impuissante à abolir !

Rassurez-vous : ce prologue de conférence n'est là que pour vous amener une historiette plus gaie, le récit d'une fumisterie qui prouve que les maîtres défunts du genre ont laissé parmi nous d'excellents élèves.

Si vous connaissez Montmartre, vous avez connu Symons. Symons, qui a été clown, barman, homme du monde, lutteur et client sérieux, est surtout et à travers tout un fumiste. Au café il commande une chartreuse, boit d'abord la liqueur, puis mange le verre, à belles dents craquantes, à la stupeur du garçon ahuri. Rentré chez lui, si sa petite bonne amie de ce soir-là ne trouve pas tout de suite où déposer les épingles de son chapeau, il lui prend des mains ces épingles, et se les enfonce à travers les joues où elles restent fichées comme dans une pelote *ad hoc*. A l'aide d'une gorgée de pétrole, ingurgitée au préalable, et d'une allumette qui flambe près de sa bouche, sous prétexte d'allumer un cigare, il souffle le feu et crache la flamme comme les hydres et les tarasques ! Il a mille tours dans son sac. En voici un, qu'il en sortit un jour, et des meilleurs.

Ce jour-là, Paul Delmet, le bon chansonnier, qui chante sans doute, à présent : *Manon, voici le soleil !* et *Les Petits Pavés* au cabaret artistique que le Père Eternel n'a certainement point manqué d'ouvrir en son paradis, Paul Delmet, donc, qui était encore de ce monde, se trouvait, par un bel après-midi, assis à la terrasse de l'Auberge du Clou, en face d'un demi de bière bien crémant. Cela était en quelque sorte le bonheur; mais tout bonheur a son revers comme toute médaille, et la fâcheuse compensation de celui-ci était la présence à la même table de l'un de ces fastidieux raseurs que j'intitulerais volontiers « les faux rigolos ». J'entends de ces gens doués du terrible don de conter sans trêve des histoires qu'eux seuls trouvent infiniment drôles : tandis qu'ils s'écoutent parler, ils s'esclaffent du plaisir d'avoir tant d'esprit, cependant qu'un ennui désolé crispe la figure de l'auditeur martyr.

Or, Delmet était en proie à l'un de ces narrateurs forcenés qui en connaissent « des tas qui sont bien bonnes ! ». Et Delmet, navré, adressa, d'un clin d'œil, à Symons, la prière de le tirer de là, si possible.

Entendu ! Symons vint s'installer, en tiers, au guéridon et commanda un bock. L'orateur était justement en train de développer les derniers détails d'une ânerie à porter le diable en terre. Symons, d'un seul coup, lampa le contenu de son verre, le garda bien au chaud dans sa large bouche, et, tout à coup, au moment précis où l'anecdote prenait fin, d'entre ses lèvres brusquement changées en pomme d'arrosoir, il fit gicler en pleine face de l'anecdotier ce quart de litre de cervoise, comme si un rire impossible à refréner l'avait subitement empêché d'absorber ce liquide.

Et il s'excusa aussitôt et combien flatteusement :

— Je vous demande pardon ! mais, c'était tellement épatant, votre affaire, qu'il a fallu que je rigole tout de même !

L'inondé s'essuya comme il put avec son mouchoir. Toutefois, trempé, mais fier au fond de l'effet produit, il signifia que cela n'avait aucune importance, et, dare-dare, il entama une seconde galéjade.

Symons commanda un second bock. Et, comme cette nouvelle « barbe » arrivait à son dénouement, de nouveau, un identique phénomène d'expansion se produisit. Le deuxième bock de Symons vint s'écraser en pluie sur le visage de l'orateur. Et, derechef, Symons s'écria :

— Je vous demande pardon ! mais c'était tellement épatant votre affaire !

— De rien ! de rien ! fit l'autre qui, cette fois, dut avoir recours à la serviette du garçon ; car son mouchoir personnel n'était plus qu'une éponge.

Et il repartit de plus belle et d'un frénétique élan dans une troisième fantaisie parlée. Delmet se sentait défaillir, car tout organisme humain a ses limites de résistance, et le rasoir, à certaines heures, est presque aussi mortel que la guillotine ! Symons, alors, grimpa à l'entresol, emplit d'eau un seau qu'il posa bien en équilibre sur le rebord d'une fenêtre, qui dominait précisément l'inlassable bavard ; et, au moment où celui-ci, tout épanoui, achevait son troisième morceau de bravoure, voici que, soudain, le seau bascula, là-haut, et se vida, noyant du chapeau aux bottines, irrémédiablemement cette fois, l'homme qui ne voulait pas se taire !

Et, de la fenêtre, la voix de Symons descendit, en même temps, disant :

— Je vous demande pardon ! mais c'était tellement épatant...

Le Lustre

Le jour où les Homespun reçurent une lettre de Mme Latuile, les avisant de son arrivée prochaine à Paris et de son intention de passer une quinzaine chez « ses chers enfants », M. Charles Homespun, sans nulle politesse, haussa les épaules, rageusement, et dit à safemme :

— Eh bien! elle peut se vanter de mériter son nom, belle-maman! Quelle tuile!

Car Mme Adèle Homespun était née, en effet, Latuile, et c'était sa propre mère qui s'annonçait ainsi par courrier. Il faut dire, pour excuser ce mouvement d'humeur, si rare chez un gendre, que le jeune ménage Homespun se trouvait, pour l'heure, dans une gêne qui frisait l'embarras, voire la dèche. Léon Homespun, courtier d'assurances et intermédiaire en tous genres, de son état, était, depuis quelque temps, en butte à une série de déconvenues qu'une guigne implacablement verdâtre semblait lui ménager comme à plaisir. Toutes ses affaires rataient successivement et ses meilleures combinaisons culbutaient l'une sur l'autre comme des capucins de cartes. Bref! on devait deux termes, le tailleur se faisait menaçant, la bonne avait rendu son tablier, et quant à la couturière, inutile d'en parler : Adèle n'avait plus rien à se mettre!

Adèle répondit pourtant :

— Écoute, c'est peut-être un mal pour un bien. Maman a de l'argent! Si nous avons l'air à notre aise, elle nous en donnera certainement. Ah, dame! il ne faudra pas qu'elle nous croie dans la purée; car alors, elle serrera les cordons de sa bourse! Mais si nous l'épatons un peu, elle est très capable de se laisser aller à des générosités, histoire de nous épater à son tour!

— C'est bon, consentit Homespun. Je vais tâcher de taper quelqu'un de vingt-cinq louis. Toi, tu iras chercher une camériste à tout faire dans un bureau de placement, pas dans ce quartier-ci, bien entendu! Je pense qu'en payant au comptant, on aura tout de même de la viande chez le boucher. On va éblouir la mère Latuile!

Ainsi fut fait. Homespun dénicha un mortel généreux qui, en échange d'un billet à ordre de 700 francs payable à trois mois, lui avança les 500 francs prévus dans le programme. Une bonne, venue de l'autre côté de l'eau, s'installa devant le fourneau de la cuisine; et le samedi soir où Mme Latuile, déracinée de sa petite propriété de Bourgogne, débarqua au terminus du P.-L.-M., elle trouva, en outre de sa fille et du mari d'icelle qui l'attendaient à la barrière de sortie, un fiacre à galerie, au bord du trottoir, tout prêt à charger ses bagages.

Parvenue au troisième étage des Homespun, la bonne dame s'extasia sur la vue. On dominait, en effet, de la fenêtre du salon, la gare des marchandises des Batignolles, et on pouvait compter au moins huit couleurs différentes de fumées montant dans les airs. Le paysage, en son ensemble, était un peu noir; mais le noir est distingué! La nouvelle domestique s'était surpassée dans la confection du dîner; et, sauf qu'elle avait oublié de saler le potage et qu'on découvrit un gros ver au creux d'une feuille de la laitue, tout était parfait! Inutile d'ajouter que Homespun avait loué trois fauteuils au Gymnase et que Mme Latuile fit une digestion excellente à écouter la comédie.

Le lendemain et les jours qui suivirent se passèrent de même en franches lippées et réjouissances, Mme Latuile se montrait ravie.

— Que vous êtes heureux, mes enfants! et aimables! dit-elle, un soir, à table, après l'entremets sucré. Et elle poursuivit :

— Je ne suis pas une ingrate! et je veux vous faire une surprise.

Les Homespun, le souffle arrêté, la regardèrent.

— J'ai un peu de fortune, moi aussi, et que je suis bien loin de dépenser, au fond de ma province! Je sais que la vie est chère à Paris; — si! si! ne me dites pas non! — et je me suis arrêtée, pour vous, à quelque chose dont vous me remercierez, j'en suis sûre!

— Tu vois? signifia d'un coup d'œil triomphant Adèle à son époux. Et Homespun, l'âme aux anges, bredouilla :

— Oh! belle-maman, vous êtes trop gentille, en vérité!

Sitôt couché, le ménage Homespun s'entr'embrassa d'enthousiasme.

— Maman n'est pas large d'habitude! raisonna Adèle quand on causa après avoir ri; mais pour avoir dit ce qu'elle a dit, il faut qu'elle ait l'intention de faire convenablement les choses! En somme, nous ne sommes pas si à la côte que cela! Le propriétaire payé, ton usurier réglé, des acomptes aux fournisseurs... Deux mille francs nous tireraient-ils d'affaire, mon chéri?

— Très bien! ma chérie.

— Nous les aurons, tu verras!

— Que le Seigneur tout-puissant t'entende!

Ils s'endormirent et eurent de beaux rêves.

La fin du séjour de Mme Latuile fut, à proprement parler, un enchantement! On alla voir l'Empire de Lilliput au Jardin d'acclimatation! On prit le Métro! On consomma des apéritifs aux terrasses des cafés du boulevard! On se paya le music-hall, le concert et même le cabaret artistique de Montmartre! Enfin, on se satura de vie parisienne! Les vingt-cinq louis dansaient comme de petits fous et s'égrenaient à vue d'œil. Mais, bah! ce n'était qu'une mise de fonds, n'est-ce pas? Qui veut la fin veut les moyens!

Or, le matin du jour où la bonne Mme Latuile devait reprendre le train pour le Mâconnais, la sonnerie de l'appartement retentit avec fracas; et un homme des chemins de fer fut introduit qui déposa dans l'antichambre une grande caisse en bois blanc sur les six parois de laquelle se lisait le mot : *FRAGILE*, vigoureusement tamponné à l'encre grasse.

Et alors, le visage de Mme Latuile rayonna d'une joie et d'une fierté sans mélange; l'homme des chemins de fer, à peine disparu, muni d'un suffisant pourboire, elle s'écria :

— La voilà, ma surprise! mes petits!

Et, sans remarquer la stupeur douloureuses des « petits », elle expliqua, volubile :

— Pour des gens dans votre situation, qui recevez! et qui recevez si bien! votre suspension de salle à manger était vraiment ridicule! A présent, au moins, vous aurez quelque chose de joli au-dessus de votre nappe. Un lustre, un lustre de cristal! de vrai cristal de Baccarat! Et je vous prie de croire que chez vos relations, même les plus huppées, vous ne rencontrerez pas le pareil! Nous sommes en famille, je peux bien vous dire le prix qu'il m'a coûté : 2,000 francs!

— Maman! gémit Adèle.

Léon ne dit rien. Il était sans voix.

— J'y ai consacré toutes mes petites économies ! acheva Mme Latuile, impitoyable sans s'en douter. Je ne vous cacherai pas, mes chers enfants, que j'avais apporté cet argent avec l'intention de vous le donner, tout simplement, en espèces, à la bonne franquette, car enfin, l'existence n'est pas toujours couleur de rose, et il y a des moments où 2,000 francs peuvent rendre service ! Mais comme j'ai vu que, grâce à Dieu, vous étiez bien au-dessus de vos affaires et que vous n'aviez besoin de rien, j'ai préféré vous faire ce cadeau, qui me rappellera à votre souvenir, quand je serai loin de vous !

Elle se tut, essoufflée d'avoir tant parlé, et, surprise du silence consterné des époux.

Ceux-ci, précipités au fin fond du désespoir, récapitulaient : 700 francs à rembourser dans deux mois et demi, une bonne à payer ! (avec quoi ?) plus un sou pour manger demain, l'huissier du propriétaire aux portes ! et, pour tout potage de compensation, un lustre de cristal, impossible à revendre utilement !

Ils se reprirent, cependant, et comme Mme Latuile, qui commençait à se scandaliser de tant de froideur, demandait :

— C'est tout le plaisir que ça vous fait ? Vous ne m'embrassez même pas !

Ils l'embrassèrent avec effusion. Car c'étaient de braves créatures. Tout de même, ils pensaient que Mme Latuile était bien digne de ce nom et qu'elle aurait mieux fait, cette année, de ne pas quitter le Mâconnais !...

Le Souvenir

— Té, vé! qu'est-ce qu'il y a qui te chagrine? demandai-je à Cabassousse, que je rencontrais, planté sur le trottoir du boulevard, à l'orée de la rue Drouot, l'œil amer, en effet, et la lippe horriblement dégoûtée. Car je prends, malgré moi, l'accent marseillais quand je m'adresse à Cabassousse.

Non pas qu'il soit exactement de Marseille, Cabassousse! mais c'est un Parisien du Midi. Et du Midi trois-quarts! Nous vint-il de Salonique, de Tunis ou de Smyrne? Est-il Catalan, Basque ou Hispano-Américain? Abencérage ou Inca? En tout cas, c'est un gentilhomme! Et il ne le cache point, sans s'en vanter. Ainsi qu'un simple veston recouvre parfois des miracles de lingerie fine et des dessous merveilleux, ainsi, sous ce nom plutôt négligé de Cabassousse, étincellent sans doute des titres à l'infini, duchés, marquisats comtés et autres seigneuries dont Cabassousse ignore le compte, tout comme Jean d'Aragon, cet Hernani avec qui il n'est pas loin d'avoir une certaine ressemblance.

Au reste, les personnes auxquelles il fait la grâce de les taper apprécient de quel geste racé il exige le « mate las »! On ne lui connaît pas de métier; mais on lui sait des maîtresses chères. Il ne fume que des Henry Clay et ne roule qu'en auto.

C'est un gentilhomme! D'ailleurs, certains soirs où il arrive au cercle — un cercle naturellement fort bien, où il daigne fréquenter — son sang bleu chatouilleux lui monte brusquement en moutarde au nez; et, à peine sur le seuil des salons de jeu, son indignation vertueuse éclate :

— Tas de filous! tas de grecs! s'écrie-t-il. On finira bien par le fermer, votre infâme claquedent?

Là-dessus, les gros bonnets du comité s'empressent autour de lui, le suppliant de les suivre dans un cabinet plus retiré et moins public, et là, à l'aide de quelques billets azurés, se justifient amplement et le convainquent d'avoir été mal renseigné. Et il consent à partir pour cette fois, sa religion enfin éclairée. Dame! il reviendra peut-être, si ses scrupules et soupçons le reprennent. C'est qu'il ne badine pas avec l'honneur! C'est un gentilhomme!

Donc, comme je m'enquérais du motif de son humeur marécageuse, il me répondit :

— Il y a que je suis furieux! indigné! révolté! Ce Durcrant est décidément un mufle! un saligaud! un... tout ce qu'on peut dire, quoi! J'ai beau être son ami, je ne peux pas encaisser ça!

— Qu'est-ce qu'il a fait de neuf? interrogeai-je avec intérêt; car ce Durcrant est aussi un gentilhomme, moins accompli, certes, que Cabassousse, mais nonobstant fort répandu dans les bons endroits et assez apprécié des duchesses.

— Eh bien! voilà! Il y a une quinzaine de jours, Durcrant, ce cochon de Durcrant, vient me trouver au café et me dit : « — Vé! Cabassousse! j'ai rendez-vous, cette semaine, avec une dame du monde! Mais, tu sais, une vraie!

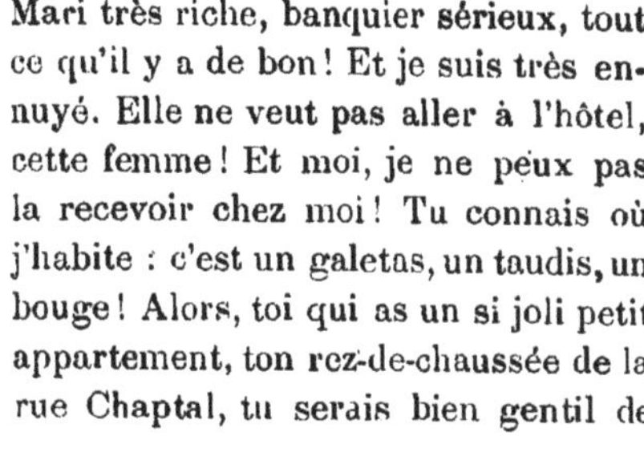

Mari très riche, banquier sérieux, tout ce qu'il y a de bon! Et je suis très ennuyé. Elle ne veut pas aller à l'hôtel, cette femme! Et moi, je ne peux pas la recevoir chez moi! Tu connais où j'habite : c'est un galetas, un taudis, un bouge! Alors, toi qui as un si joli petit appartement, ton rez-de-chaussée de la rue Chaptal, tu serais bien gentil de me le prêter un après-midi. Tu me passeras la clé le matin, et je te la rendrai le soir. Je remettrai tout en ordre : sois tranquille! C'est un vrai service du bon Dieu que tu me rendras! » Moi, n'est-ce pas, je suis bon garçon; et puis, je comprenais bien le sentiment de Durcrant. On n'aime pas à faire voir, la première fois, à une femme chic qu'on n'a pas déjà tout le confortable nécessaire, en dehors d'elle. C'est embarrassant pour la suite! Aussi, le jour qu'il me fit signe, je lui refile ma clé, le bon gîte et le reste! Outre! il en a usé proprement, le bougre! Tiens! j'en rougis!

Cabassousse rougissait véritablement. L'anecdote devait être palpitante, à ce coup. J'insistai :

— Mais, enfin, quoi ! que s'est-il passé ?

— Vé ! la dame est arrivée, donc, chez moi, dans mon appartement, où Durcrant l'attendait. Et, à peine elle était là, il l'a emportée dans la chambre à coucher, sans seulement lui laisser le temps de souffler : ouf ! et je t'assure qu'il n'a pas perdu une demi-heure à lui conter fleurette et autres politesses ! C'est une brute !

— Écoute, dis-je, cette personne ne s'était pas rendue auprès de Durcrant pour deviser de philosophie ou de métaphysique ; et elle devait s'attendre un peu à trouver ce qu'elle venait chercher !

— Oui, mais cela, c'est des roses ! A peine les choses terminées et pendant que la dame reprenait haleine et demandait grâce, car Durcrant n'y va pas par quatre chemins : c'est un sanglier ! voilà qu'il se lève ! Il se précipite sur les robes et les effets jetés pêle-mêle sur les fauteuils ; et il les retourne, il fouille les poches, il prend tout : le porte-monnaie avec six cents francs dedans, la trousse en or ! Après, il revient vers le lit, et il retire toutes les bagues des doigts, les boucles des oreilles, et trois bracelets, et un collier de saphirs ! Eh bien ! tu diras ce que tu voudras ! cela, c'est des choses qu'on ne fait pas ! C'est aller trop loin ! C'est de l'exagération !

Comme légèrement médusé, je ne pipais plus mot, Cabassousse continua :

— Et il ne s'est pas contenté de cette razzia. Il a menacé la pauvre ! en plus ! Il lui a dit : « — Et maintenant, si tu racontes un mot de ce qui vient de se passer, n'importe où et à n'importe qui, j'écris à ton mari — tu entends bien, à ton mari ! — que tu n'es qu'une traînée, et je le lui prouve avec tes lettres ! Et puis après, tu sais que je suis solide, s'il n'est pas content, je l'assomme ! » Non, non ! conclut Cabassousse, je le répète : ce ne sont pas des procédés convenables ! Et Durcrant perd beaucoup dans mon estime !

— Mais, est-ce que c'est bien vrai, cette histoire de brigands ? doutai-je.

Alors, Cabassousse, ingénu et triomphant d'être à travers les contingences un apôtre de vérité, tendit vers moi l'une de ses belles mains fines et fortes, et me désignant, d'un geste précis du menton, à l'auriculaire de cette main, un admirable anneau d'or où s'enchâssait un rubis cabochon de toute beauté :

— Si c'est vrai ? Tiens ! cette bague : c'est une bague de la dame ! Durcrant me l'a donnée en souvenir !

Le Fou

A six cents mètres environ des premières maisons du gros bourg de Rouilly-l'Etape, le docteur Rousseau arrêta net sa petite charrette anglaise. Un cri perçant venait de jaillir, là, tout près, derrière les premiers buissons du bois taillis que côtoyait la route; un cri de bête qu'on tue ou d'enfant qu'on égorge. Le docteur, un solide garçon de trente-deux ans, râblé et découplé, sauta de sa voiture, franchit le fossé, écarta quelques branchages et eut juste le temps de voir s'enfuir, d'un bond de fauve qu'on dérange, à travers les cépées qu'il traversa comme un boulet, un grand diable dépenaillé qu'il reconnut cependant, et que, pour cela même, il négligea de poursuivre, d'autant qu'une autre besogne, d'utilité plus immédiate, s'imposait à ses soins.

En effet, une petite fille d'une douzaine d'années gisait évanouie sur le sol. Le docteur la reconnut, d'ailleurs, elle aussi : une nommée Rosalie Paturon, la cadette des fermiers de La Haye.

Quelques tapes dans les mains ramenèrent à elle, assez vite, l'enfant, qui semblait, au reste, avoir eu plus de peur que de mal, car elle se remit toute seule sur ses pieds, regarda le médecin, et dit, tremblante encore!

— Ah! m'sieu l'docteur! c'est l'gas Richomme. Il est fou! Tenez, tenez! v'là son couteau!

Et elle ramassa entre deux souches un énorme couteau de cuisine, une lame terrible, avec un manche en corne.

— Que s'est-il passé? demanda le docteur, qui se saisit de l'arme, et ramena la gamine sur la route.

— Ah ben! j'sais-t-y, moi? Vous connaissez bien l'gas Richomme? Il n'a plus sa tête à lui, et quand il a bu, c'est comme un loup! A c'soir, j'avais été au bourg porter des lettres à la poste pour le père, et quand j'suis revenue, sur le chemin, j'ai rencontré l'gas Richomme. Il était assis sur un tas de cailloux et il avait son couteau à la main. Il m'a dit : « T'es la Rosalie aux Paturon? Où qu'tu vas comme ça? » J'ai dit : « J'vas à l'Haye, à la ferme, donc! » « C'est pas vrai! » qu'il a dit alors, « tu vas au cimetière, car je vais te couper le cou, petite poison! » Alors, il s'est levé, avec son couteau, et il est venu sur moi. Il avait la figure toute de travers et il grinçait des dents. Moi, j'ai eu peur, bien sûr! j'ai retiré mes sabots et je me suis sauvée. Alors, il m'a coursée; il m'a rattrapée, là, devant le petit bois; il m'a prise comme un paquet, par les épaules et par les jambes; une fois dans le taillis, il m'a empoigné les cheveux, il m'a tiré la tête en arrière, il a levé son couteau, et il a dit : « J'veux voir ton sang, la couleur qu'il a ! » Alors, j'ai crié, et puis j'sais pus. Vous étiez là, quand j'me suis retrouvée !

Elle haussa les épaules, se tut un moment, puis conclut :

— A r'voir, m'sieu l'docteur ! ça n's'ra rien que ça ! Il est fou, l'gas Richomme !

Et Rosalie Paturon, ayant rechaussé ses sabots, s'en alla tranquillement, tandis que le docteur, remonté dans sa charrette et fouettant son cheval, songeait :

— Justement, il est fou ! Un de ces jours, il tuera quelqu'un. Il est grand temps d'aviser.

Et directement il se rendit chez le maire de Rouilly.

Ce personnage, le gros meunier Eugène Bédoré, mais qu'on nommait plus couramment « le maît' Ugène », n'était ni à son moulin ni à la mairie. Le docteur finit par le dénicher à l'auberge des *Trois Faisans* où il jouait au piquet voleur avec Bigoin, le garde champêtre. Et, tout de suite, encore sous l'émotion de ce qu'il venait de voir et d'empêcher, le médecin s'écria :

— Monsieur le maire, je viens vous trouver pour vous dire qu'il faut absolument que la municipalité prenne une décision à l'égard du fou alcoolique Richomme qui, si on n'y prend garde, commettra des assassinats dans le pays. Cet individu est totalement dément et constitue un danger public pour tous vos administrés. Il doit être mis hors d'état de nuire !

Et là-dessus, il conta l'aventure de Rosalie Paturon et ajouta, en jetant sur la table le couteau :

— Voilà, du reste, le charmant outil avec lequel il se proposait d'opérer, ce malheureux !

Le maît' Ugène répondit :

— J'sais bien ! j'sais bien ! D'ailleurs, la Rosalie Paturon n'en a pas l'étrenne. Le bougre a déjà essayé d'estourbir la Louise aux Moreau et la Marie-Françoise aux Bernachet ! Mais quoi que vous voulez qu'on fasse, m'sieu l'docteur ? Si c'était permis de l'abattre comme un chien enragé, d'une balle de fusil ou à coups de fourche, on verrait à voir. Mais la loi le défend. Car, en dehors qu'il en tient pour saigner les gosses, c'est un bon gas, l'gas Richomme. Il n'a encore nui à personne. Alors ?...

— Voyons, c'est bien simple. Je n'aurais qu'à vous signer un certificat ; certificat qui sera appuyé par assez de témoignages, puisque l'état d'esprit de Richomme n'est un mystère pour quiconque ; et, sur votre requête, les gendarmes viendront tranquillement le cueillir et l'emmèneront à l'hospice du chef-lieu où on l'internera. Je vous répète qu'un jour de plus de liberté pour cet individu, c'est probablement la mort d'une ou de plusieurs victimes !

Le maît' Ugène se gratta l'oreille :

— Ben, oui ! ben, oui ! m'sieu Rousseau, comme vous dites ! Oh ! ça ! sûr et certain ! Seulement, voilà : l'hospice départemental, c'est cher ! Nous en avons déjà un, de maboule, à c't'hospice : le vieux Jean-Pierre Gragnot, vous savez, l'ancien charretier des Lucas. Et ben ! il coûte 75 francs par an à la commune, cet oiseau-là ! Si nous en mettons deux en pension, ça fera 150 francs ! et la commune n'est pas riche !...

— Réfléchissez un peu, monsieur le maire !...

Maît' Ugène avait pris le couteau sur la table, et il le maniait, en essayant sur son pouce la pointe aiguisée avec soin. Enfin, il déclara :

— Il n'a plus son couteau, en tout cas, puisque le v'là.

Le docteur sursauta :

— Croyez-vous qu'il n'en retrouvera pas un autre ? Quand un monomane suit son idée fixe, il arrive toujours à ses fins. Et celui-ci veut tuer, tuer une petite fille !

— Je n'le nie point, m'sieur Rousseau. C'est bien embêtant, tout ça, ah oui ! pour sûr ! Seulement aussi, vingt-cinq écus, c'est vingt-cinq écus, dame !

A ce moment, le garde champêtre qui, jusque-là, n'avait pas ouvert la bouche, demanda la parole, en portant hiérarchiquement la main à son képi. C'était un vieux bonhomme, grand et sec, à la moustache blanche retroussée, qui, après avoir été longtemps sergent de ville à Paris, était venu prendre ses invalides dans la paix des campagnes. Il proposa :

— J'ai une idée, monsieur le maire. Si on le perdait, le Richomme ?

— Si on le perdait ? s'étonnèrent ensemble le maît' Ugène et M. Rousseau.

— Naturellement ! C'est rien à faire. Un beau matin, je vais chercher mon type dans sa cagna. Je lui offre un apéritif à prendre à la ville. Lui, pour ce qui est de ça, il ne refuse jamais ! En ville, je le mène à la gare ; on monte dans le train tous les deux, histoire que l'apéritif est un peu plus loin. Sitôt dans un autre département, après une heure, une heure et demie de chemin de fer, on débarque. Je le saoule à fond, je le laisse sous une table et je reviens tout seul ! Ni vu ni connu, je t'embrouille ! Vous savez bien qu'il ne saura même pas dire d'où il est ni d'où il vient, ni même son nom : il est marteau. Ceux de là-bas s'en arrangeront. Ça sera un autre préfet, un autre hospice. Nous, on s'en fiche, on sera débarrassé !

— Ah ! par exemple, ça ! protesta le docteur estomaqué.

Mais le maît' Ugène était ravi. D'ailleurs, avec autorité, Bigoin continuait :

— A Paris, quand j'étais gardien de la paix, c'est toujours ce truc-là qu'on employait, nous autres. Supposez qu'on est de garde dans une avenue ou une rue dont un trottoir appartient à un arrondissement et l'autre, à un autre ; comme, voilà, tenez, le boulevard Rochechouart, dont les numéros impairs sont du 9e et les numéros pairs du 18e ; eh bien ! une supposition qu'il y avait du grabuge du côté du 9e, les gardiens du 9e s'occupaient à faire traverser, en douce, la chaussée aux délinquants. Une fois la chaussée traversée, c'était aux confrères du 18e à membrer et à risquer la pâtée et les coups de rigolos ! Et réciproquement. Échange de bons procédés ! Pourquoi qu'on n'envertrait pas Richomme, qui nous embête ici, embêter les autres, ailleurs ?

— Vous avez raison, Bigoin ! éclata le maire, au comble de l'enthousiasme. C'est cela qu'il faut faire !

En c'est ce qui fut fait, en effet. Je tiens cette histoire, qui n'est pas un conte, du Dr Rousseau lui même.

Le colonel Coco

A l'époque où je servais héroïquement mon pays, en temps de paix bien entendu, et dans une garnison qui n'avait rien d'une garnison frontière, mon régiment comptait deux personnalités vraiment originales : le lieutenant-colonel de Brisac, notre second père à tous, et Coco, le perroquet de Lebleu, le cantinier du 1er bataillon.

Le lieutenant-colonel de Brisac était peut-être un stratège de la force d'Annibal ou de Napoléon ; cela, on n'en savait rien, vu qu'il n'avait jamais fait la guerre ; mais ce que nul n'ignorait, car il le donnait à constater toutes les fois qu'il le pouvait, c'est qu'il était un beau militaire, décoratif et prestigieux, à cheval comme à pied, soit qu'il fût campé sur sa selle comme un Cid, soit qu'il arpentât les corridors ou la salle des rapports, en se tapotant les jarrets de sa cravache, et le képi sur l'oreille à la housarde ! Il tirait aussi, non sans raison, quelque orgueil de sa voix, une voix de commandement, nette et cuivrée, où les *r* roulaient avec un fracas de tonnerre. Sec et rêtu comme un vieux coq, la moustache en crocs et le nez en bataille, le père de Brisac, comme on l'appelait, avait le sens précis et artiste des côtés théâtraux du métier. Nul ne savait comme lui régler la mise en scène de la présentation du drapeau aux recrues. Il avait une façon de faire jaillir du fourreau la lame de son sabre qui eût réjoui l'âme des anciens mousquetaires. Bref, il avait du chic, du galbe, de la branche et du creux !

Coco, lui, était vert, comme il sied, et d'un âge indéterminé, mais il ne devait pas être jeune, quoique vert, car il commençait à devenir chauve sur le sommet du crâne. Toujours suspendu, dans sa cage, à une des fenêtres de la cantine, au-dessus de la cour du quartier, il possédait le répertoire complet de toutes les sonneries de la caserne, depuis le réveil, simple ou en fantaisie, jusqu'à l'extinction des feux. Il connaissait aussi les paroles — généralement, quoique non en latin, elles bravent l'honnêteté ! — dont les troupiers, de classe en classe, ont illustré ces chansons du clairon, et ne se faisait pas faute d'en régaler les oreilles des demoiselles Lebleu, lesquelles, élèves du Conservatoire et d'ailleurs élevées dans la rude atmosphère des camps, oubliaient de s'en scandaliser pour en rire aux éclats...

Jusque-là, l'officier et l'oiseau, notoires chacun dans sa caste et sa catégorie, avaient vécu sans se heurter ; mais un jour devait venir où un conflit éclata entre eux, et dans des circonstances tellement publiques que l'un dut être sacrifié à l'autre. Je me hâte d'ajouter que c'est Coco qui mit les pouces.

On aurait pu, au reste, s'attendre à cela depuis longtemps. Voilà deux mois, en effet, que chaque samedi matin, au moment où le régiment, rangé dans la cour, partait en marche militaire, Coco, d'ordinaire bavard et exubérant, se taisait pour regarder la cérémonie. Et,

surtout, de toute son attention, la tête penchée de profil et son œil rond de volaille acariâtre fixé sur le lieutenant-colonel, il observait celui-ci, en prenant, comme on dit, de la graine et n'en perdant pas une bouchée.

Car le père de Brisac n'aurait, pour rien au monde, renoncé au plaisir de faire, en cette occurence, démarrer sa demi-brigade! Statue équestre au milieu du quadrilatère formé par les quatre bataillons, il attendait que les mouvements préparatoires fussent exécutés. A cet instant, tirant son sabre de ce geste large que j'indiquais tout à l'heure, il clamait de son vaste organe autoritaire un : « Rrrrrégiment! » qui pénétrait dans toutes les oreilles à la fois; et quand les commandants avaient crié, sous lui : « Bataillon! » et les capitaines : « Compagnie! » il déclanchait tout son monde d'un : « En avant! Marrrche! » qui déchaînait incontinent le grondement des tambours et le martèlement cadencé des gros souliers, peu à peu, mis en chemin. Après quoi, satisfait de lui-même et d'autrui, il rentrait dans sa famille déguster son petit déjeuner. Bonne matinée pour le panache!

Or, ce samedi-là, par un beau temps clair et bleu, nous venions de faire « par le flanc droit », et, en colonne de route, par files de quatre, l'arme au pied et le poids du corps portant légèrement sur la jambe droite, nous attendions l'ordre du départ.

Le père de Brisac, droit sur ses étriers, sortit sa lame qui étincela au soleil, ouvrit la bouche et...

Et alors, une voix qui n'était pas la sienne, mais qui ressemblait à sa voix comme une réplique fidèle, une voix rocailleuse et perçante, clama :

— Rrrrégiment!

Le lieutenant-colonel, la parole coupée net, leva la tête vers la cantine de Lebleu et vit Coco, lequel, s'agrippant du bec et des pattes à ses barreaux, remuait en outre les ailes avec allégresse, et semblait enchanté de l'effet produit.

Le pire est que les commandants et les capitaines, inattentifs ou par l'instinct de l'habitude, avaient transmis l'ordre, régulièrement, à leurs unités respectives.

En sorte que le père de Brisac ne s'était pas encore remis d'une alarme aussi chaude, quand Coco, continuant de mettre à profit le fruit de ses études, poursuivit :

— En avant! Marrrche! Ragadaga-dagadaga!

Cela, c'était une imitation des tambours, qui, suggestionnés eux aussi par l'accoutumance, commencèrent à taper à toutes baguettes sur leurs caisses, et partirent du pied gauche vers la porte de la caserne, au long de laquelle le poste de police aligné portait les armes; les sapeurs, en tête, étaient déjà dehors.

Et tout le reste, à la suite, s'ébranla, — une! deux! une! deux! — sections par sections, jusqu'à la gauche.

Le lieutenant-colonel, médusé, était demeuré là, raide, droit et pétrifié, comme un menhir. Il n'y avait rien à faire! Il haussa les épaules et rengaîna son estoc, furieusement. Puis, comme les derniers soldats disparaissaient sous le porche, il mit pied à terre et se dirigea vers la cantine Lebleu. On ne revit plus Coco, désormais.

N'empêche que, ce jour-là, un des plus beaux régiments de France, avec sa musique et son drapeau, avait été commandé par un simple perroquet!

Changement de direction

Six heures sonnaient. Un pas lourd retentit dans l'escalier qui montait de la boutique à la chambre à coucher. La bouchère se dressa dans le lit, les épaulettes de sa chemise retombant jusqu'aux coudes de ses bras nus, et elle souffla consternée :

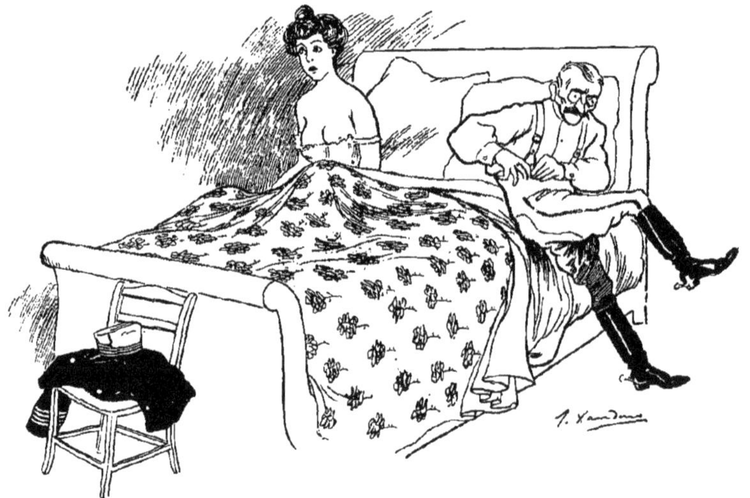

— C'est mon mari ! Zut ! Qu'elle histoire !

Le commandant avait déjà enfilé son pantalon rouge et ses bottines à élastiques. Et il tournait et virait par la pièce, vaguement ahuri, cherchant sa tunique et son képi ; mais la porte s'ouvrit brutalement, et le boucher, le mari — le cocu — Jacquelin, apparut.

Le commandant Desribouis était un petit vieux homme, sec et rêtu, fort brave sans doute et qui se fût certainement couvert de gloire sur les champs de bataille si son étoile et l'histoire contemporaine l'y eussent conduit au lieu de lui ménager une carrière toute en exercices de temps de paix ; mais il avait cinquante cinq ans, le poil gris, quelque arthrite aux articulations ; et le boucher Jacquelin était un gars qui ne défrisait pas encore la trentaine, muni de biceps qui roulaient des noix et de mains semblables à des éclanches.

En sorte que lorsque le commandant découvrit enfin sur le dos d'une chaise son képi et sa tunique et qu'il esquissa un mouvement pour les prendre, il n'acheva pas cette marche en avant et se replia sur ses réserves, attendu que débitant de biftecks n'était guère esthétique); le commandant fit un appel à ses souvenirs littéraires et, un pied sur le seuil, s'enquit avec dignité, quoiqu'en corps de chemise et le crâne nu :

— J'aime à croire, monsieur, que madame n'a rien à craindre de vous. Sans quoi, je ne sortirais pas d'ici !

Jacquelin avait posé sa forte patte sur ces effets d'uniforme et déclarait :

— Non, monsieur le commandant ! Ça, c'est à moi et je le conserve en souvenir de vous. Et, maintenant, si vous voulez bien me f... le camp ?

Il dégageait la sortie, magnanime et rigoleur. Les bouchers sont de bons enfants ! Le commandant Desribouis, qui avait lu des romans romanesques, et qui, malgré son cruel embarras du moment, ne pouvait pas s'en aller comme cela (il pensa bien au : je suis à vos ordres ! mais le duel d'un chef de bataillon de l'armée française avec un

Mais le boucher brandit vers l'officier deux poignes velues et redoutables, et cria :

— La ferme ! et la porte ! Madame aura la purge qu'elle a méritée. Un poing, c'est tout ! Pas davantage. On ne la tuera pas pour toi, vieux canasson. Ouste !

On n'apercevait plus, hors des draps que le sommet du chignon ébouriffé de la coupable. Et, sur la foi de ce traité, le commandant quitta la place, l'oreille basse sinon fendue.

Ces choses se passaient dans une petite ville garnisonnée du département de l'Oise. Et la boucherie Jacquelin était située au beau milieu de la plus grande rue, de l'artère principale, celle qu'il faut emprunter pour aller n'importe où et que les défilés de soldats égayent naturellement, à chaque manœuvre ou à chaque évolution des troupes, puisqu'elle est le seul chemin

convenable qui mène à la caserne, de quelque côté qu'on vienne.

Or, le matin du samedi qui suivit le flagrant délit relaté plus haut, il y avait eu marche militaire, comme tous les samedis que Dieu fait, et Dieu sait s'il en fait, le bougre ! comme disait Alphonse Allais ; vers neuf heures, les habitants se massaient déjà sur les trottoirs. Un vague roulement de peaux d'âne stridait au lointain :

> Tambours, clairons, musique en tête,
> V'la qu'il arriv' le régiment !...

Et bientôt, on aperçut les sapeurs précédant la clique et la fanfare, derrière qui s'avançaient, étincelant au bout des canons de fusils, les mille reflets du soleil sur les baïonnettes en route. Les sapeurs allaient pénétrer sur la place de l'Eglise, à cinquante mètres environ en deçà de la boucherie Jacquelin, quand, tout à coup, au grand désappointement des curieux, un flottement se produisit dans la tête de colonne. Que se passait-il ? On put voir que le commandant Desribouis, arrivé au grand trot de son cheval à côté du caporal sapeur, lui avait tout à coup intimé un ordre qui, brusquement, modifiait l'itinéraire habituel et jetait la perturbation dans le rythme familier du pas accéléré,

— Qu'est-ce que cela veut dire ? se demandaient les badauds privés de leur gratuite revue hebdomadaire. Et pourquoi le régiment rentre-t-il par là ?

Des commandements brefs, cependant, retentissaient depuis le caporal sapeur jusqu'aux derniers caporaux des dernières escouades de gauche.

— Par file à droite, marche ! Dédoublez les files !

Oui ! qu'il fallait les dédoubler les files, car l'inconcevable caprice du commandant Desribouis engageait le régiment dans des voies étroites et tortueuses, vieux lacets de vieille ville qui, sans doute, aboutissaient au quartier, mais où deux hommes et deux havresacs avaient peine à avancer de front. Et la musique ! Il en fallut entendre des couacs lamentables quand elle dut se glisser dans ces boyaux ! Naturellement, toute la queue de la colonne avait dû faire halte et marquer le pas pour laisser à la tête le temps de se faufiler congrûment *ad augusta per angusta*.

— Le père Desribouis est toqué ! songèrent les capitaines, lieutenants et autres gradés.

— La classe ! et les bons de tabac ! se gondolèrent les hommes ravis, d'ailleurs, de cette nouveauté dans la routine.

Ah ! ce fut une jolie rentrée de promenade militaire ! Et le désordre ! et les cliquetis des gamelles, des flingots, des quarts et des bidons ! et les compagnies mélangées les unes dans les autres ! Un moutonnement de troupeau où personne ne trouvait plus sa place ! Et le colonel, lui aussi, qui, à cause du retard et averti par la rumeur publique, attendait au poste de police, demanda au chef responsable :

— Ah ça ? Desribouis ! Vous êtes fou ?...

Non ! Desribouis n'était pas fou. Il était sage. La veille, au soir, il avait reçu ce poulet :

Monsieur Desribouis,

Je vous préviens que chaque fois que vous commanderez une marche du régiment, si vous avez le toupet de faire passer la troupe devant ma porte, vous aurez l'agrément de voir sortir de ma fenêtre votre tunique et votre képi au bout d'un balai. On reconnaîtra votre képi à ses quatre galons et votre tunique à la croix d'honneur qui y pendouille. Serviteur.

JACQUELIN.

Or, ce matin, comme les sapeurs arrivaient à proximité de l'endroit dangereux, Desribouis avait parfaitement distingué, émergeant déjà de la croisée de l'entresol qui surplombe la fatale boutique, le balai vengeur supportant comme une patère tout ce que Jacquelin avait promis d'y accrocher. Et c'est alors qu'il avait commandé : par file à droite !

Le commandant Desribouis demande à permuter.

Le Lion trouvé

Il était trois heures du matin. Une lune d'hiver, étincelante en haut d'un ciel froid, glaçait de blancheur les ramilles dénudées des arbres du square d'Anvers, la façade universitaire du collège Rollin et les toits des roulottes de la fête de Montmartre, installées à la file sur le terre-plein médian du boulevard Rochechouart.

Oscar Baliverne et Juste Aucor, deux chansonniers de cabarets, et non des meilleurs, regagnaient à pied leurs domiciles respectifs, après avoir « vendu leur salade » dans les sous-sols et autres goguettes qu'ils achalandaient par leur génie. Cette salade, il faut le dire ils l'avaient arrosée d'autres liquides que d'huile et de vinaigre. Ils étaient pleins de demis entiers; car foin du quart, dont ils se fichaient, d'ailleurs, comme du tiers, étant de ces bons biberonniers qui hospitalisent volontiers la bière, en attendant que celle-ci leur rende la politesse.

Donc, ils étaient en cet état, voisin de la félicité suprême, où les yeux, ne distinguant plus clairement, incitent les esprits à des controverses et à des contradictions mutuelles, attendu que les mêmes objets n'apparaissent pas sous le même angle aux interlocuteurs, qui ont chacun leur point de vue.

Derrière la ligne des baraques et des voitures banquistes, nos deux Tyrtées aperçurent tout à coup, parce qu'ils s'étaient heurtés dedans, un animal au

pelage fauve, couché en rond sur le sol, et qui, réveillé par le choc, les enveloppa aussitôt du double regard phosphorescent d'énormes yeux, où se mira un instant l'astre des nuits. Le large bâillement d'une gueule considérable accompagna ce regard prestigieux. Et sans plus tarder, Oscar Baliverne empoignant le bras de Juste Aucor, le tira de toutes ses forces, en balbutiant :

— Barrons-nous ! c'est un lion !

Mais Juste, haussant les épaules, répondit ;

— Un lion? C'est un chien!

Il ajouta, avec compétence et mépris :

— C'est un dogue d'Ulm! Non, mais ce que tu la tiens, la frousse!

— Ça n'empêche! insista Oscar. Allons-nous-en! Il y a des ménageries par ici. Et moi, je te dis que c'est un lion.

L'animal avait reposé sa tête sur ses pattes de devant et ne bougeait plus. Juste, tout strident d'ironie, cria :

— Un lion? Tiens, il va venir coucher chez moi, ton lion! Car, sans blague, il doit être perdu, ce pauvre cabot! et il ne fait pas chaud, ce soir!

Sans crainte, il commanda :

— Tom! venez ici! Tom! Ah! le beau chien! venez ici! Là!...

L'animal s'était levé et venait, avec obéissance; et alors, on le vit mieux. Il avait un mufle jaune, une face camuse, de fortes cuisses, une grande queue, un long corps souple et flexueux. Debout, il mesurait bien un mètre de haut.

— C'est un lion! répéta Baliverne épouvanté. Et, cette fois, sans demander son reste, il disparut dans la nuit.

Aucor demeurait seul avec la bête; et, ma foi! il l'eût bien laissée là, son accès de vantardise chevaleresque passé; mais la bête, quand il s'éloigna, se mit à le suivre à pas comptés.

Aucor hésita une seconde sur la décision à prendre. Finalement, s'étant dit qu'un chien de valeur qu'on ramène à son maître vaut parfois une récompense honnête, il se résolut à emmener celui-ci, chez lui, pour aujourd'hui.

Il sonna à la porte de son hôtel, l'*Hôtel des Lettres et des Arts*, rue Houdon; prit sa bougie et sa clef dans l'antre du garçon ensommeillé, et grimpa jusqu'à sa chambre du cinquième étage sans que son compagnon improvisé, qui marchait et montait à pieds de velours, eût le moins du monde décelé sa présence en ces lieux habités.

Seulement, à peine dans cette chambre — le 52 — la scène changea.

D'un bond formidable, l'animal sauta sur le lit, où il s'établit en maître et qu'il occupa, de son grand corps, intégralement. Et comme Juste, qui tombait de sommeil, à bon droit scandalisé, avait fait mine de porter la main sur lui en disant : « A bas, le chien! à bas donc! » il découvrit de tels crocs et émit un tel grondement entre ses babines retroussées, que soudain, brusque comme l'éclair, une pensée terrible illumina l'esprit de l'infortuné chansonnier :

— Baliverne avait raison! C'est un lion!

Et, sans insister, la petite mort au bas du dos et les dents claquantes — tout le monde n'est pas dompteur! — Aucor, cédant la place, se rua dans l'escalier et regagna la rue.

— Pourvu qu'il ne me poursuive pas! songeait-il seulement.

Mais il se retrouva dehors sans une égratignure. Le lion, satisfait d'une couche confortable, n'avait pas bougé de là-haut.

Jusqu'à l'aube, Juste erra par la ville, l'onglée aux doigts et la bourse vide. A sept heures, au moment de la récolte des poubelles (Enfants, voici les boueux qui passent!), il alla réveiller son ami Oscar et lui conta tout, sans folle vanité.

Mais Oscar avait changé d'avis durant son sommeil. L'héroïsme de son copain, la veille, le rendait jaloux ce jourd'hui; en sorte qu'il s'esclaffa :

— Un lion? Ah là là! Mais c'est pour rigoler que je disais ça, hier! Penses-tu que je ne voyais pas que c'était un chien! Car c'est un chien! et pas autre chose! Et tu l'as pris pour un lion? C'est toi qui en tiens une, de frousse!

Toutefois, un peu plus tard, dans la matinée, tous deux furent bien obligés, comme ils lisaient les journaux en sirotant leur apéritif, de tomber d'accord qu'ils avaient, l'un et l'autre, frôlé la mort de bien près. Les feuilles annonçaient, en effet, qu'une lionne très dangereuse, échappée de la ménagerie Frédéric, à la fête de Montmartre, avait disparu depuis dix-huit heures, sans qu'on pût savoir où la rechercher. Les plus grandes précautions étaient recommandées en cas de rencontre.

Oscar et Juste se regardèrent avec fierté :

— C'est elle, parbleu! Eh bien, mon vieux! ce qu'il y en a qui auraient eu le trac à notre place!

Et ils allèrent prévenir le commissaire, de compagnie.

Celui-ci, après les avoir félicités — car désunis à la peine, ils se rejoignaient à l'honneur! — se mit en route avec douze agents, armés jusqu'aux dents, vers la rue Houdon. Le belluaire Frédéric, averti, accompagnait la petite troupe.

Quand on arriva à l'*Hôtel des Lettres et des Arts*, tout y semblait paisible. Mais voici que, comme on parvenait au troisième palier, des aboiements furieusement sonores retentirent depuis le cinquième étage.

Et, comme on ouvrait avec prudence l'huis du 52, un grand danois fauve bondit, fou de joie, dehors, remuant la queue et sautant cordialement au cou de chacun.

Patatras!

Le lion, décidément, n'était qu'un chien. Et Juste Aucor, sévèrement admonesté par le magistrat — qui n'admettait pas qu'on se moquât de l'autorité! — n'eut même pas de « récompense honnête » à toucher; car ledit chien ne fut jamais réclamé par personne, ses patrons l'ayant manifestement perdu exprès, parce qu'il était galeux!

Dessert interrompu

Incontestablement, Mme Poulpette était une belle blonde, et M. Poulpette était un heureux tailleur, puisque, outre une femme hors ligne, il possédait un coupeur sans égal. M. Anténor, en effet, n'avait pas son pareil pour trancher d'un acier vigoureux en plein drap, cheviotte ou tissu anglais ; et les complets vestons qui sortaient de ses mains conservaient, jusqu'au dernier jour, sur le dos des clients, ce je ne sais quoi d'impeccable par quoi se décèle le bon faiseur.

Pour ce qui est de Mme Poulpette, le seul spectacle de sa face rayonnante et de sa gorge rebondie émergeant au-dessus du comptoir-caisse, surélevé comme un trône, suffisait à inciter les messieurs à se commander deux pantalons au lieu d'un et à choisir des étoffes d'un prix bien plus élevé que celui auquel ils avaient songé d'abord.

Pourquoi faut-il que l'édifice du bonheur soit un château de cartes si fragile, et quelle fatalité veut que ceux-là mêmes qui étaient la cause de notre joie deviennent tout à coup le motif de notre chagrin et les instruments de notre ruine, après avoir été les raisons de notre prospérité ? Coupable M. Anténor ! Perfide Mme Poulpette ! trop de précipitation de votre part détruisit en une minute l'harmonie admirable de trois existences associées ! Ne pouviez-vous terminer tranquillement votre café, puisque aussi bien, vous aviez tout votre après-midi à vous ? Comme le dit la chanson :

> Qu'un moment de vivacité
> Peut causer de calamité !

***

Ce jour-là, M. Poulpette, son déjeuner à peine expédié, se hâta de quitter la table. M. Poulpette avait des livraisons à faire et deux premiers essayages en ville. Et, à ce propos, avez-vous remarqué que les tailleurs sont toujours en route ? Autant l'horloger est sédentaire, autant le tailleur est mobile. J'ai eu jadis un tailleur que j'eusse plutôt désiré éviter, pour des questions d'intérêt, bien entendu. Eh bien ! je le rencontrais quotidiennement dans les quartiers les plus divers et dans les rues les plus contradictoires. Le tailleur dévore l'espace et boit l'obstacle. M. Poulpette, donc, mit sous son bras sa toilette de lustrine, gonflée d'habits neufs sentant encore le tissu frais ; il embrassa sa femme, serra la main de M. Anténor, puis, après cette dernière recommandation : « Les billets de M. le marquis de La Garenne sont dans le tiroir, tout préparés. Tu n'auras qu'à les lui faire accepter! » il s'en fut vers sa Destinée.

C'est dans la cage de l'escalier que Celle-ci le guettait. Tout à coup (il avait à peine descendu deux étages!) il s'avisa qu'il avait oublié son mètre. Un tailleur sans son mètre, c'est un soldat sans son fusil, un charpentier sans son équerre et son compas. M. Poulpette, tout maugréant et invectivant sa tête légère, remonta les marches, tourna sa clef dans sa serrure et réintégra son appartement.

Comme il passait devant la porte grande ouverte de la salle à manger, un petit étonnement l'arrêta. Il n'y avait plus personne dans la pièce. Ni Mme Poulpette ni M. Anténor. Leurs deux serviettes, froissées en tapons, jonchaient la nappe, comme si on les avait jetées là brusquement, au moment d'une fuite hâtive. Leurs deux chaises aussi, écartées irrégulièrement de la table, marquaient le désarroi subit d'un départ désordonné. Ce pendant que, dans les deux tasses encore pleines, le café intact fumait paisiblement, à l'abandon.

Ce fut ce café non bu qui perdit tout.

Effectivement, si les tasses avaient été vides, M. Poulpette, dont l'âme était confiante et qui, d'ailleurs, était pressé, se fût dit tout bonnement : « Tiens! Anténor et ma femme ont vite fait de retourner à leur ouvrage. Ensemble ou séparément, ils doivent être soit à l'atelier, soit au magasin! » Et comme son mètre se trouvait bien en vue sur le buffet, il l'eût vivement et simplement fourré dans sa poche et aurait, sans chercher plus loin, repris le chemin de l'extérieur. Mais ces deux tasses négligées, ces serviettes non pliées et tout cet air illogique d'imprévu et d'impromptu avaient de quoi piquer la curiosité. M. Poulpette murmura : « Où diable sont-ils passés? Qu'y a-t-il donc? » et, ayant traversé la salle à manger déserte, il pénétra dans la chambre à coucher. Celle-ci était habitée. M. Poulpette put s'en rendre compte. Mort et massacre! Ciseaux et craie à marquer!

A vrai dire, du premier coup d'œil, il ne distingua, là-bas, sous les rideaux de son alcôve, que les semelles de quatre bottines; mais, un second regard lui montra que sur la couche conjugale, sans nul souci de la blancheur des draps ni de friper la couverture, M. Anténor et Mme Poulpette étaient vautrés pêle-mêle, au grand dam de son honneur! Ah! les gaillards n'avaient pas perdu de temps.

Un double cri retentit, du reste, aussitôt; et M. Poulpette put distinguer, au milieu d'un grand remue-ménage, deux figures effarées dont l'expression, pourtant coutumière et bien connue, lui sembla nouvelle et comme d'étrangers!

M. Poulpette, qui n'avait pas, jusqu'ici, cessé de retenir sous son aisselle sa toilette de lustrine, laissa choir sur le tapis ce fardeau pacifique et d'une voix que la surprise étranglait, s'efforça de crier avec colère :

— Monsieur Anténor! vous allez me f... le camp, n'est-ce pas! Et plus vite que ça!

M. Anténor était déjà sur le seuil. Il disparut, ne fut plus qu'un bruit de pas qui se dépêche et qui s'éteint. Alors, M. Poulpette ramassa sa toilette et dit à sa femme :

— Après ce qui vient d'arriver, tu dois comprendre...

— Que je suis enfin débarrassée de toi, Dieu merci! rétorqua insolemment l'interpellée.

— Nous divorcerons!

— Il n'est que temps!

Ce furent les seules paroles de regret de Mme Poulpette.

* * *

Ainsi les plus confortables façades s'écroulent au choc d'un cataclysme; et derrière il ne reste que des ruines. Car M. Poulpette, divorcé, obligé de restituer une dot et de liquider son fonds, fit, par la suite de mauvaises affaires et fut malheureux comme les pierres.

Quant à M. Anténor, il attaqua son patron devant les juges consulaires et en obtint, comme de juste, une assez importante indemnité pour renvoi brusqué sans motif professionnel.

TABLE

Imp. Paul Dupont, 4, rue du Bouloi. — Paris. — 230.4.1910 (Cl.).

PRIMES GRATUITES
A TOUS LES SOUSCRIPTEURS

Voir la suite des Primes gratuites page 7

PRIME A

CE MEUBLE TRÈS ÉLÉGANT PEUT ÊTRE UTILISÉ COMME VITRINE OU COMME BIBLIOTHÈQUE POUR ENVIRON 300 VOL.

DIMENSIONS DU MEUBLE

HAUTEUR . 1m60
LARGEUR . 0m70
PROFONDEUR . . . 0m31

Très Joli Meuble exécuté en façon Noyer ou Laqué blanc

LIVRÉ NON VITRÉ

ON PEUT AUSSI RECEVOIR COMME PRIME UNE GRANDE BIBLIOTHÈQUE A DEUX PORTES

(Voir page 6)

L'ÉDITION ILLUSTRÉE
DES
ŒUVRES COMPLÈTES
DE

Victor Hugo

a coûté à établir plus de

4 Millions de Francs

Elle comprend :

62 Ouvrages
11.000 Pages
ORNÉES DE
2.200 Illustrations
DE

MEISSONNIER **** ADRIEN MARIE **** WILLETTE **** GERVEX **** PUVIS DE CHAVANNES ***** LIX **** CHIFFLARD **** GAVARNI ** BRION **** TONY ROBERT ... RY *** RIOU **** ÉMILE BAY... ** A. DE NEUVILLE ****** FRÉMIET FÉRAT ***** EUGÈNE DELACROIX ** EDMOND MORIN *** VIERGE ** E. ZIER *** LUC-OLIVIER MERSON ** TONY JOHANNOT *** VOGEL ** ROCHEGROSSE *** L. BOULANGER ** FLAMENG **** HENRI PILLE ** LUCIEN MELINGUE *** H. SCOTT F. LIX ***** CÉLESTIN NANTEUIL *** J.P. LAURENS *** RAFFET *** etc., etc.

PRIX DE CETTE ÉDITION

Brochée en 62 Ouvrages. **150 fr.**
Reliée en 19 Volumes . . **190 fr.**

Payable 7 fr. 50 par mois

Chaque souscription brochée ou reliée donne droit à une PRIME GRATUITE

(Voir en tête de ce prospectus)

TITRES DES OUVRAGES

ŒUVRE POÉTIQUE

1. Odes et Ballades
2. Les Orientales
3. Les Feuilles d'Automne
4. Les Chants du Crépuscule
5. Les Voix intérieures
6. Les Rayons et les Ombres
7. Les Contemplations
8. Les Chansons des Rues et des Bois
9. La Légende des Siècles
10. La Fin de Satan
11. Dieu
12. Le Pape
13. La Piété suprême
14. Religions et Religion
15. L'Ane
16. Les Quatre Vents de l'Esprit
17. Les Châtiments
18. Les Années funestes
19. L'Année terrible
20. Toute la Lyre
21. L'Art d'être Grand-Père
22. Dernière Gerbe

THÉATRE

23. Hernani
24. Marion Delorme
25. Le Roi s'amuse
26. Lucrèce Borgia
27. Marie Tudor
28. Angelo
29. La Esmeralda
30. Ruy Blas
31. Les Burgraves
32. Cromwell
33. Théâtre en Libe...
34. Torquemada
35. Amy Robsart
36. Les Jumeaux

ROMANS

37. Han d'Islande
38. Bug Jargal
39. Le Dernier Jour d'un Condamné
40. Claude Gueux
41. Notre-Dame de Paris
42. Les Misérables
43. Les Travailleurs de la Mer
44. L'Archipel de la Manche
45. L'Homme qui rit
46. Quatre-Vingt-Treize

VOYAGES

47. Le Rhin
48. Alpes et Pyrénées
49. France et Belgique

HISTOIRE

50. Napoléon le Petit
51. Histoire d'un Crime
52. Choses vues
53. Littérature et Philosophie
54. William Shakespeare
55. Paris
56. Post-Scriptum de ma Vie

ACTES ET PAROLES

57. Lettres à la Fiancée
58. Correspondance
59. Avant l'Exil
60. Pendant l'Exil
61. Depuis l'Exil
62. Victor Hugo raconté

 **FORMAT EXACT et Fac-Similé des Fers dorés du dos de la Reliure des 62 Ouvrages reliés en 19 Volumes, composant l'Edition complète illustrée des Œuvres de VICTOR HUGO** 

En remplacement de l'une des Primes précédentes, A, B, C, D, E

on peut recevoir cette superbe Bibliothèque

aux conditions ci-dessous :

PRIME SPÉCIALE

DIMENSIONS DU MEUBLE

Hauteur . . . 2m10
Largeur . . . 1m00
Profondeur . 0m40

La BIBLIOTHÈQUE — est — livrée non vitrée

Les vitres sont d'un placement facile, mais beaucoup de clients préfèrent garnir les portes avec une étoffe de fantaisie

— CETTE — BIBLIOTHÈQUE A DEUX PORTES

a été fabriquée pour répondre aux demandes de nombreux souscripteurs désirant posséder un meuble de cette dimension. Cette Bibliothèque, d'un fini tout spécial, peut se placer dans un salon, un bureau ou une chambre à coucher

Ce très beau Meuble est livré en remplacement de l'une des Primes précédentes moyennant un supplément de

32 francs

Ce Meuble fabriqué spécialement pour notre Maison est exclusivement réservé à nos souscripteurs

PRIMES GRATUITES

RÉSERVÉES AUX SOUSCRIPTEURS

SERVICE DE TABLE POUR 12 COUVERTS STYLE LOUIS XV

Prime B

Très joli Service de Table
en porcelaine de Limoges
composé de 74 pièces, décor artistique

COMPOSITION DU SERVICE

48 assiettes plates
12 assiettes creuses
1 soupière
1 saladier
1 légumier
1 saucière
4 raviers
6 plats ovales et ronds pr les différents services

SAC-NÉCESSAIRE DE VOYAGE

Prime C

Modèle de Luxe, *en cuir havane*
très pratique
orfèvrerie nickelée
avec plateau mobile à chevalet
composé de 14 pièces

DÉTAIL DES PIÈCES

Jeu de 4 brosses
1 peigne et son étui
1 glace mobile à biseaux
1 canif
1 paire de ciseaux
1 lime à ongles
1 tire-bout. à chaus.
1 tire-bout. à gants
1 flac. à odeur cristal
1 boîte à savon —
1 tube à brosse —

MÉNAGÈRE COUTELLERIE DE LUXE

Prime D

Service pour 12 personnes. Coutellerie de 1er choix, manche corne
contenue dans un riche écrin à 2 compartiments
garnis de velours et satin bleu

COMPOSITION DU SERVICE

12 couteaux de table
12 couteaux à dessert
1 couteau à découper
1 manche à gigot
1 cuiller à salade
1 fourchette à salade
1 fourchette à découper

MÉNAGÈRE ORFÈVRERIE DE STYLE

Prime E

Cette Ménagère de style Louis XV
pour 12 personnes
en métal patiné argent, ne jaunissant jamais
se compose de :

12 cuillers
12 fourchettes
12 cuillers à café
1 louche
1 cuiller à ragoût

Contenues dans un riche écrin, intérieur satin et velours bleu

A. DE NEUVILLE

Éponine, la fille aînée des Thénardier, les aubergistes de Montfermeil venus à Paris, apporte au jeune Marius, qu'elle aime en secret, une lettre importante.

Les Misérables (p. 201, vol. 3).

www.ingramcontent.com/pod-product-compliance
Ingram Content Group UK Ltd.
Pitfield, Milton Keynes, MK11 3LW, UK
UKHW022111190726
13855UKWH00002B/795